KB202892

부부 회화나무

부부 회화나무

박무성 시집

26

시와정신시인선

시와정신사

시인의 말

움막에 방 한 칸 들였지요.

어둡고 음산한 추위, 마냥 떨 수 없어
남향 양지바른 곳에 움막을 짓고 방 한 칸 들였지요.

재료는 '언어의 춤'으로 하되,
기둥은 춤사위로 세웠고요.

나무와 숲으로 서까래를 얹었지요.

지붕은 철 따라 아름답게 하늘하늘 노래하는
꽃들을 풍장風葬하여 덮을세라.

발길 따라 그리운 인문과 지리의 숨결로 벽을 두르고
빚어낸 무늬로 바닥을 깔아 덧문을 내니

빈 마음 채워줄 향기로운 영성의 새바람이 훈훈히
스며들어 하늘영광 가득차길…, 왠지 가슴 울렁이네요.

해설을 맡아주신 김완하 교수께 감사를 표합니다.
졸시拙詩라서 고두복배叩頭伏拜합니다.

2019년 여름

차 례

___ 제2부 꽃

제1부

춤

햇살춤

춤의 아버지의 아버지 햇살춤이,
우주하늘 어둠의 입자들을 몰아내며 달려와 추는 춤사위

빛살춤의 향연, 신기로운 날개로 입자들의 춤물결,
그 춤결마다 돋아난 생명들이 덩달아

바삐 빈속을 채워가는 일곱 색깔 무늬춤은
춤의 알갱이, 그 파동들이 나를 덥석 안고 춤추자 하네

초록 빛춤 알갱이들은 보리밭길 잔디밭으로 날 부르고
노란춤 입자물결들은 유채꽃밭으로 유혹하네
빨강춤살 알갱이들과 고추 먹고 맴맴 도니,
주황빛살 봉선화 꽃춤물 아가씨들 가슴속 춤발 잘 돌아
내 안에도 파란하늘 쪽빛바다 열리고,
한라에서 백두까지 무궁화 보랏빛 춤물살 반도삼천리
으-싸, 으-싸… 소리치며,

햇살춤 물결마다 미다스의 손보다 더한 기적 일렁이네

소리춤

소리는 공기와 물체나 성대를 울려 춤을 추지만
악기나 목청의 노래춤사위는
소리춤이여, 메마르지 말고 그토록 늘
성깔머리 멱따지 말고, 말갛고 그 울림 청청하여라

독무나 군무라도 좋지만
우리로 춤추게 하는 건,
처절히 시린 슬픔을 재우거나
향기처럼 솔솔 온몸 일렁이는
신바람 너의 춤사위라
마취된 채, 한때 지르박 춤사위에 오금 못 써
제 몸 맡겼다가 줄줄이 엮인 시장바구니들!

빙빙 쏟는 오색 빛살춤에 알 파치노 탱고 춤사위로
남녀가 껴안고 부비며 뭉개는 열광의 도가니,
탈북새내기 몇 달 안 되어 들른 나이트클럽
가슴 벼락 치듯 휘황해, 휘둥그레 쿵쾅쿵쾅…
눈 둘 곳 너무 벅차 도망치듯 나왔다죠

바람춤

어깨 처진 바람은 몰래 집안을 빠져나와
춤바람을 피운다
춤사위 날개 달고 나는 바람둥이 바람아,
치마 속을 들춰가며 날아올라
꺼진 불도 붙여가며 활활거려, 그 열정
잔 비울 때까지 보조개 깊이 무지개 띄워가니
훈훈한 춤사위에 피어나는 꽃들,
앙상한 나뭇가지에도 움이 돋고
결국, 복사꽃 연분홍 꽃춤에
장미꽃보다 더 붉은 바람춤이여!
숲과 밀밭의 춤판을 지나 날마다 새로 태어나는
사막모래언덕, 주검도 춤추게 하는 천千의 춤사위!

네 스텝에 쫓겨 풍경風磬은 발바닥 땀내 불탄다오

날라리부터 발레까지 추다가 바닥나면
회오리춤에 더 신난 토네이도춤, 막바지엔
배알이 꼴려 별꼴까지 빌려와 춘다니!

변화무쌍한 기분氣分의 명수名手
깎아지른 벼랑에서 추는 막춤은, 네가
세상을 살아내는 절창이라니!

먼지들의 춤판세상

춤의 뿌리는 빛에서 소리로 소리에서 바람으로 바람에서 먼지로, 먼지는 미물 중의 미물, 잡시 중의 잡시, 뼈 없는 한숨이 오직 춤으로 살아나, 이 춤꾼은 세상을 보는 눈이 다르다 죽은 소리를 살려내고, 흩어진 소리를 모아 아무나 들을 수 없는 악보로 읽고, 지나가는 바람의 걸음도 재어 춤곡이 된다

작고 약한 몸 그 미미함이 비웃음 살까 봐, 어둠에 숨었다가 바람 부는 틈새로 우르르 몰려와, 허공을 깔깔대며 알몸으로 추어대는 막무가내 춤꾼들, 이들의 속내는 뭔가 재롱인가 반란인가 아니면, 얼렁뚱땅 둥치고 배 만지는 건가 가장 하고 싶은 것들의 번지를 모아 야금야금 파먹은 만큼 제 것이라는 심사인가 눌려 있던 전생이 화악 풀린 듯 못다 한 자유의 폭발인가

햇살의 조명으로 드러나는 먼지들의 춤판세상
비비고 돌며 훨훨 대는 허튼춤
하루살이처럼 막장의 가엾은 떠돌이 신세

그들의 슬픈 역사를 피맺혀 풀어내고 있는 막춤은
언제나 뱃속에 가득 차 끼니마저 잊고
어디든 달려가 쉴 새 없다

그러나 이들은 얼마나 잘게 부딪히며 살아왔던가
꿈은 깨지고 닳아버렸으니 울컥거리는 눈시울을 씻고
마지막 춤사위로 살아, 두고두고 황홀한 번민으로 남고
싶은 건 아닐까

불꽃춤

철없는 불꽃은 심술꾸러기, 바람이 추는 부채춤에
성냥 한 개비 불붙여 산을 홀랑 말아먹는 난봉꾼,
보라, 불꽃춤 훨훨대는 신전이
번개불꽃 춤사위에 재 되는 것을,
같이 추자며 싹 쓸어 태우지 않는 것 없으니…

하나, 철든 불꽃은 기뻐 손잡고
도공의 마음 빼닮은 춤사위에 도자기들 태어나나니
보라, 모세의 무릎 일으켜 세운 떨기나무 불꽃춤과,
더럽혀진 역사를 새롭게 밝히는 햇불춤을…,
쪼그라든 뱃살 펴주는 아궁이불꽃 춤사위며,
어두운 세상 활활 평화를 먹여주는 성화聖火여!
그러나, 다비에서 살아난 휘황한 사리와
화형火刑에 사라진 후스*를 생각하면
네 두 얼굴 춤사위,
그 속에서 웃고 우는 허다한 눈물들이여!

* 후스 Hus. Jan(1369-1415) : 보히미아의 종교개혁자

물춤

물 가루 알갱이들 아질아질 춤추고
서로 엉긴 구름 방울져 배틀배틀 추지요

애들아 모여라 분수대로
우리 터놓고 심심풀이 한껏 놀아볼까
하늘을 향한 엉덩춤, 공중제비
더 높이 솟아라, 엉덩이 높이 쳐들고
팔딱팔딱 배꼽춤도 추자꾸나!

절벽에서 쇼를 벌이는 폭포수, 물춤의 장관들
온몸 내리꽂는 넉장거리 네굽질
물구나무 다이빙춤
어쩌면, 절경의 춤의 춤

아무나 그 몸을 안아줄 수 없는 바다,
바람이 안아주면 흥겨워 춤을 추지요
핥인 백사장은 밀물질 춤사위로 잘 아물고
통통배와 꿍작춤을 갈매기들도 부러워하지요

구름춤

사방에서 흘러드는 장단에 엉덩이 들썩들썩
풍류 집시들 외로움 들떠서
이리저리 트위스트를 몰고 다니며
어깨춤에 벨리댄스까지 겹집어
뭉게뭉게 흰 구름 가벼운 몸놀림
이산 저산을 찍고 떠도는 한량의 춤꾼들,
채색 옷을 입고 추는 층층구름에
머리 풀고 떠도는 영혼을 모아
나그네 가슴에 묻어둔 고향하늘
그리움 먹여주는 춤꾼들이여!

그 옛날 폭포수 아래에서 선비들도
그처럼 흰 도포자락 흔들흔들 둥실대다가
넘실넘실 추던 춤

달콤한 목마름 꽃구름춤사위 비천으로 떠올라
노랗고 붉게 색깔 고운 노을로 타올라
밤하늘 별빛 타고 은하수꽃밭에 서리어라

눈꽃춤 축제

무슨 조바심이 나는 건지
흐릿한 햇살은 어깨를 펴지 못하고 웅크려 있다
만삭 된 하늘이 산통으로 장막을 두르고
한참만에야 끙끙대며 해산을 한다
장막 먼빛에 눈송이들 뒤섞여 아물댄다
꽉 막힌 허공에 갓 태어난 아기눈송이들 나풀나풀
흰점박이 날갯짓, 하늘의 드넓은 광장은 온통 축제다
드넓은 무대 위로 경연인 양 멋진 춤사위,
비틀비틀 추고 뱅글뱅글 돌며 멈출 듯 닿을 듯
다시 솟고, 온몸 내젓는 현란한 군무와 합창

아이들 환호성 밖으로 모여든다
발 동동, 까르르 까르르…
눈꽃들이 내려앉아 다 못한 춤을 대신
깡충깡충 발레리나 되어 춤바다를 이룬 교정

종소리에 뿔뿔이 아쉬움 두고 떠난 자리,
정적만이 휩쓸고 맥없이 무너져 내렸다

바위춤

용암이 활활 용틀임 춤을 춘 뒤 바위로 잠들어
깰 때면 춤사위 무두질로 충천衝天하나니
그 뒤 처녀로 둔갑한 웅녀의 기적이여,
불 뿜듯 기도한 그 자리, 마침내 하늘마저 달궈
동굴바위 활활, 단군을 낳은 용틀임춤사위!

만년 억만년 구워, 내공으로만 추는 춤사위
천 년에 한 번 출까말까
아무나 보지 못한,
하늘로 훨훨 날아 휘이 휘이 추는 이 춤은

한밤중 목말라 마신 새벽에 번쩍 뜬 눈, 그 길로
불붙듯 안고 녹여낸 용틀임
장삼 가사 갑자기 날며 원효가 추던 춤사위,
하늘을 괼 기둥 찾아 요석 공주와 추던 그 밤도…

천년 뒤, 최제우의 도포자락 덩실덩실 활활거린
적멸굴, 누구나 한 번 추고 싶은 춤사위!

꽃춤

태아 때 꼭 쥐어준 당부 한시도 잊지 않고
일평생, 꽃은 온몸이 춤으로 차서
이른 봄꽃은 오랜 메마름 푸는 설렘 빚네
동백꽃 뜨끈뜨끈한 입술로 가슴 사로잡는 춤사위,
거센 찬바람에 온몸 막춤 추다가도, 쿵쾅쿵쾅
플라멩코 빠른 발춤, 손짓 엉덩이 모두 흔들다가
뚝, 뚝 꺾인 목숨 이내 썰물처럼 사라져…

계절마다 꽃춤판, 작은 풀꽃마저도 얼싸둥둥 춤사위!

찰나를 불태우는 저 벚꽃들 보게!
한들한들 발갛게 달아오른 오르가슴
그 황홀한 춤 몸살에 젖몸살,
헤어나지 못하는 벌 떼들의
아, 산천이 찢어질 듯 떠나갈 듯 들뜬 환호성

하여, 마지막 너희들 춤사위 흐느낌 낙화여!
낙화암 백제 의자왕 궁녀들의 설움 목매 바친 낙화여!

새들의 춤

원래, 뼈 속까지 춤으로 데쳐져
춤사위무늬로만 잘 짜여진 새들의 날개라
날면 춤이 되고 추면 날게 되는 춤의 천사들,
백조는 날마다 발레리나의 꿈속으로 날고
솟대의 새들은, 밤마다
빠른 살사로 날아올라 하늘 문을 여는데
어처구니없이 슬픔 위로만 걷는 조류도 있죠

허공의 허공까지 올라 춤판을 벌이는지라
허공의 허리가 하도 울렁거려 하늘마저 출렁대죠
그 맛깔 환각에 저려져 언제나 벌이는 무도회,
감람나무 새잎사귀 물고 방주로 돌아와
노아의 심장을 쿵쾅쿵쾅 울린 비둘기의 춤사위,
추고 추다가 해님 품에 안긴 세 발 까마귀와
선지자 엘리야*를 섬긴 까마귀의 춤사위도…

어깨걸이 극락조 뿐이겠느냐만
수컷들의 별난 춤사위 구애,

늪과 호수, 포구에는 철새들의
매스게임과 카드섹션,
변화무쌍한 군무로 하늘은 벅찬데
죽은 이들의 영혼을 물고 설산을 녹이는 독수리들,
그 춤길 다 재어보면 어디쯤 다다를까?

이 땅의 새들이, 한시에 일제히 그 날갯짓 올라
춤추는 그날이 오면, 허공은 더 들떠 불붙겠고
사람들, 우-아- 우-아- 치켜든 아우성 활활거리겠죠

* 엘리야 : B.C. 9세기경 이스라엘의 선지자. 당시 아합왕의 우상숭배로 인한
가뭄을 선포하자 위기에 몰려 그릿 시내가로 숨었을 때, 그곳에서 까마귀가 가져
다주는 음식과 그를 위해 예비된 시냇물을 먹고 살았다.

춤추는 건물

나는 정녕 너를 모른다
멀고 먼 일처럼 아예, 머릿속이 비었는데
네가 이렇게 파도처럼 찾아올 줄이야!
프라하는 멀고 먼데
지금 네 춤사위 진동이 내 귀에 들려오니
잠도 못 말리는 버킷리스트에 올라타, 더
기염을 토하는구나!

길게 뻗은 여덟 다리를 드러내며 걸친 유리 드레스
일곱 배꼽 띄워가며 더벅머리 총각에게 다가가
기우뚱 기우뚱 춤을 추는 춤꾼이여,
하루가 온종일 춤에 취해 열리니
생애는 흰머리 흔들며 춤으로 마치겠지
맞은편 블타바 강도 너울너울 짝춤을 추고
가로수와 새들은 박수를 쳐대니…,

저게 발레리나가 되어 하늘을 젓는다면…
제발, 그만 방탄소년단보다 더는 안 돼!

걸음춤

걷는 듯 나는 듯 저 걸음, 춤인 걸 보았다
보아라, 끌며 펼쳐 밤무대를 휘감는 저 긴 드레스
학인 양 날갯짓 내딛는 걸음은 경쾌한 율동
앞뒤로 내뻗는 팔과 다리 나란히 속삭이고
온몸은 직선과 곡선이 물결쳐 환호한다

현란한 서정의 힘줄은 강렬하나 부드럽고
잔잔한 파동 저 춤결,
나를 듯 밤하늘 별을 향해
우주를 손짓하며 온몸 솟구쳐 타오르나니,
꽃구름비단 위로 춤추듯 사뿐사뿐…,

마디마디에 흐르는 선율, 흠뻑 젖은 푸른 가슴
어깨선으로 차올라, 사로잡은 시선에 갈증을 푸는
인류가 하늘에 찍는 거룩한 춤사위, 저 속살물결
이제야, 난, 새롭게 눈을 떴다

이에 더하려면, 아예 봉산탈춤에 울력걸음을 보시구려

용접불꽃 춤사위

창밖에선 낙엽들이 우르르 우르르 춤추고
십자가 우등불 활활 타오르는 밤
라스베이거스 무도회 불빛들은
한때 시리아의 선교사와 간호사,
한 다리와 한 팔을 잃은 남자와 여자가
땜질하듯 의족과 의수에 매달려,
달려드는 파도에 은빛 춤사위 띄워가며
요요히 달래고 어르는 걸 못 본 척하네요

그런데, 일곱 별빛 찬란한 하늘궁전 보좌 앞
천사들의 찬양과 춤사위에 어둠은 밝고
저 멀리 거친 숨결 위로
눈발처럼 펄펄 내리는 감람향유
일곱 촛대 사이로 부는 바람은,
언 가슴을 녹이고
손발도 풀어 춤을 돋우네요

처음엔 잠시 머뭇거렸지만

하얀 옷자락 점점 더 뜨겁게,
온몸 불덩이로 달아올라
견딜 수 없는 용광로 활활거려,
서로가 감싸며 불현듯 포갠 가슴
심장을 부둥켜안고 한 몸 이룬 찰나
어느덧, 사라졌던 팔 다리가 다소곳이
파아란 용접불꽃에 되살아 흐느끼고,
눕힐 듯 눕힐 듯 일어서는 스텝은 가볍게 들떠
갈릴리 해변을 돌며 골고다 언덕을 지나,
빛발 치는 오로라에 둥둥 하늘 높이 훨훨…
한 쌍의 백조로 한없이 날아올라

웃음꽃 환한 궁중잔치 보좌까지
캐럴이 울리고 춤을 추는 산타와 어린 천사들,
그 사이로 두 몸 하나 되는 하늘나라 황홀경,
어마어마한 천상의 부활을 누리는

성령의 풀무에, 그 극렬한 용접불꽃 춤사위여!

하늘 농무農舞마을

고샅길 농악무 풍악소리에 아이들 어른들
떼 지어 몰려나와 떠들썩한 동네방네,
풍물을 쳐대며 둥글둥글 돌면서 버꾸춤 자반뒤지기
흥겨운 농악가락 비벼먹고, 낭창낭창 허리로
탱글탱글 상모 춤사위 신명풀이 마구 돌려
허공을 말아 올리는 고갯짓,
상쇠의 너름새 끊어질 듯 끊어질 듯 이어
숨 막힐 듯 막힐 듯 잘도 넘기는구나!

아우내 장터에서 총알 맞고 잠시 멈춘 춤이, 그래도
잘 달여져서 아이들 밤마다 잠고대춤 추다가 광복 날
냄비 양재기 양철통 바가지 쳐대며 추어댄 춤사위
얼마나 가득했던지, 삼천리 온 마을 들쑤셔놓고
이제 그 메아리 뒤흔들며 세계를 끝없이 돌고 도나니

하여, 사철 늘 푸른 하늘농무마을 우리 조상님들,
오늘도 상모 휙휙 신떨음 도리질
농악에 춤추는 만낭판 우리네 춤사위!

엿장수 가위춤

멀리서 가까이서 들릴 듯 말 듯 어디선가
바람에 풀풀 날려 진기를 다 빼먹고,
들리긴 들린 건가?
얼치기 장단 엿장수 가위질 춤자락
뜨겁게 달궈져 쟁그랑 쟁그랑 점점 다가오면
단내가 마법처럼 빠르게 번져, 부리나케
동네 골목마다 번드르르 닳는 문턱,
아이들 마루 밑 헛간 구석구석…

쟁그랑 쟁그랑 춤사위 바람 타고, 물씬물씬
단내의 혀끝에 쵀면 걸린 사람들,
춤추듯 구멍에 대고 훅훅, 입김도 춤이 되는지라
덩실덩실 승자勝者의 엿가락 춤사위!
마른 침 목구멍 쓴 내 묵은 때, 어둠이 벗겨졌나

밥 한 끼 힘든 판에, 엿판에 톡톡, 귀가 쫑긋쫑긋
코가 벌름벌름 혓바닥 날름거려
지린 골목 한바탕 초롱초롱 뽀얀 얼굴빛 감돌았네

진주검무

원시시대의 전쟁놀이였던 칼춤,
전쟁이 일면 모든 것이 칼날이 되어 춤을 춘다
실은 누가 언제 목을 겨눌지 몰라
왕은, 언제나 반골反骨의 칼끝도 두렵다
그러기 전에 칼춤을 불러 눈앞에 쟁여 두고
비린내의 핏빛 만져보는 것만이, 한결
두려움이 허겁지겁 너겁을 잡고 사라져
입가엔 야릇한 웃음이 배었다

관기들의 검무가 넘친 궁정에서 하나 둘 뻗쳐
진주엔, 그 위엄사위 내리 알자리 첫 손에 꼽혀
쓴 감투, 그 칼춤사위로 구경꾼들 넘실댄다
평사위, 입춤사위, 은근슬쩍 쌍검춤사위로 번져
전복을 입고 전립에 색동한삼 너울대는 어깨 바람은
등을 맞대고 손목이 손목을 돌리며
돌아가는 칼날들, 두 팔을 뻗고 안으로 굽어 올려
내려침이 어찌나 번쩍거려, 그 옛날 낭도들의
바람결로 검무가 아른대어 한바탕 흥건했다

학춤

하늘과 땅 천만리 천상의 꿈들이 춤을 추며
왔던 길을 접고 학이 솔잎 푸른 절개節槪에 앉아
강줄기를 좇아 땅 위를 바라본다
가장 아름다운 곳으로 날아 선비가 된 학이여!

통도사에서는 지금도 학춤을 일군다
고달픈 삶을 뒤로 한 채 그들이 풀어내는 학춤,
다리를 접었다 폈다 멈칫멈칫 휘돌며, 마침내
양 날개 펼쳐 어디론가 멀리멀리 훨훨
크고 작게 몇 바퀴 몇 바퀴 돌다가
쪽빛 드리운 강물 따라
잠시 발 담그고, 그 쪽빛 가득 담아
주상절리柱狀節理로 솟구친다

글만 좇던 두 눈이 맑아져 멀미가 풀어지고
훨훨 씻겨, 그제야 천상의 꿈들이
너울대는 학춤사위로 녹아져,
통도사 경내로 푸른 숨결 가쁜가쁜 솔바람 인다

살풀이춤

살풀이장단에 긴 명주수건 한 손에 접어들고
온몸 마디마다 고요에 푸욱 담가 처연한 몸짓이여,

손결 곱게 올려 뻗는 팔짓물결 은근슬쩍 어깨 들썩
우리강산온새미를 뒤꿈치로 살근거려 두세 걸음 나갔다가

슬근슬근 휘돌며 긴 수건 나붓나붓
제자리로 돌아가서 뿌렸다가 거둬가며

맺고 풀고 얼려가며,
새하얀 넋두리를 풀무질로 익히는가?

맞은 손 풀어내어 치마폭 움켜쥐고
질근질근 묻었다가 살그머니 훔쳐내네

지그시 나불대는 새하이얀 춤사위에
가슴앓이 숨통일랑 숭- 숭- 숭- 뚫리어라

싸이의 말춤

칭기즈 칸의 말춤이 목숨을 겨냥한 화살로
대륙을 흔들고, 사르타이는 한반도로 날아들었으나

지금 싸이의 말춤은, 그 무시무시한 것들을 다 떼고
몽글몽글 다듬어서 뛰며
팔다리 온몸 코리아를 흔들더니
지구촌 축제의 즐겨찾기 메뉴로 흥겨워
펄펄 끓는 우스갯짓 춤 도가니!

유머로 가볍게 엮고 손목에 얹어 잡은 허공의 고삐,
엉덩이를 흔들며 한 걸음 한 걸음 뚜벅뚜벅 뛰다가
모둠발로 머리 어깨 하늘 들썩 들썩…
멀리 무중력을 타고 놀란 북두칠성이 얼굴을 내밀며
낄낄대고, 낮달과 해님도 벙실벙실…
지구는 말들의 춤사위로 마구 출렁대지만
지금 이 말춤은, 칭기즈 칸으로 놀란 가슴을 쓸어안고
더 높이 더 멀리 황색울렁증까지 쏟아
말갈기로 씻는 씻김굿춤사위!

플라멩코 춤사위

불 뿜는 태양 아래 발길 떠돌고 떠돌아
멀리 허허벌판 견디기 어려운 비바람 치는 날
죽음보다 더 짙은 밤잠을 풀어놓고,
벼락도 껴안고 기꺼이 맴돌아야 하는 이들

한 가닥 야생마처럼 뛰고 싶은 마음
새처럼 날고 싶은 가슴을 움켜쥐고
온몸으로 뛰며 소용돌이 몸짓 춤을 춘다

집시들의 길목은 막막하다 못해 애달프다 그리하여
두 뺨에 흐르는 땀방울 눈물 온몸으로 풀어내는
광란, 불꽃으로 살라 어둠도 두려움도
구워, 노릇노릇 쫄깃쫄깃 구수한 감미로움,
간간이 발 구르듯 두 팔 올려 비트는 몸은
불길 솟듯 뜨거운 광염光焰

오호라, 이 밤, 그 누가
이 불춤을 훔쳐 한평생 침실에 두고 잘 수 있을까?

탱고춤

세상에서 가장 감미로운 음률의 가락들이
상대의 허리를 껴안고 튕겨져 미끄러지듯
휘돌며 벼랑 끝에서 웃고 있네

발끝까지 스며든 살내음 뼛속 깊이 들이키며
녹아버릴 것 같아 마주 볼 수 없는
찌릿한 한 스텝 한 스텝
나는 듯 떠도는 춤결은
잠시 멈췄다가 또 휘도는 몸부림,
폭풍우 속에서 더 아름다운 한 쌍의 원앙이
끌어안고 숨죽인 동선들, 팔랑팔랑
다시 피어나, 품는 나비에 장미꽃 설레듯
거센 춤사위에 휘날리는 옷자락
그 선율의 허리춤에 감도는 황홀이여!
'오바마'를 홀린, 시선을 넘길 수 없는 요염,
쿵쿵 고동을 움켜쥔 찰나는 영원이어라
아직 깨어나지 못한 아쉬움, 부디, 부디
그 꿈결무늬 길이길이 누리고 있거라!

제2부

꽃

봄비 속을 걷다

겨우내 버려진 고요를 적시는 봄비
그래서 바라는 건 무얼까
봄비의 마음에 들어가 바람숨결 따라
그들과 함께 마을길을 걷는다

어느 처마 밑을 지날 때
지붕 위 가랑잎을 밟아 자그락대는 소리
양철을 똑똑 두드리는 소리
미처 우산을 잊은 이들이
눈을 축축하게 깜박이는 소리와,
아직 끄지 못한 연통에서 숨어 나오는
고단한 연탄가스 냄새까지 들린다

예쁜 꽃신을 신으려 맨발로 내리는 봄비
담장 너머 목련꽃 새순들이 빗물에 물씬거리는
물감 냄새를 맡고 볼록볼록 내민 가슴,
누가 먼저랄까 열린 무대로 '저요', '저요'…
두 손을 번쩍 들며 야단을 들썩이었다

다시 핀 동산벚꽃

풀린 땅의 요란한 포클레인 소리를 제치고
산벚꽃나무로 가득 찬 동산을 햇살바람이
건들대며, 훅훅 입김을 불어 잠을 깨운다
이내, 온통 향기로 들쑤셔놓는 연분홍 카드섹션
뿌리에서 기어오른 목청을 타고
작년에 남겨둔 노래를, 하염없이
들려주고 싶은 천사들의 열창이
마침내 만세를 부르듯 기어올라
훈훈한 햇살의 불붙는 눈짓, 방실방실
그 화려한 완창完唱에 취한 환희여!

잇단 만개滿開로 하늘은 두레상,
오솔길 오목조목 연인들이 몰려드는 탄성!
아기가 움켜쥐었던 손바닥 펴듯
봉오리 저 손짓 하나로 벌 떼들도 불러
겨우내 땅 속 뿌리들이 요리조리 궁리해낸 요리를
부잣집 외둥이 돌잔치처럼 동네방네, 진수성찬
한바탕 실컷 먹여주네

진달래꽃동산

2월의 햇살은 바람의 겨드랑날개죽지로
겨울을 벗으려 발버둥을 칩니다
3월을 불러들여 피운 꽃들은 시들고
4월이면, 온통 진달래꽃 만발이라
동산은 진달래꽃들을 안고 덩실덩실,
이에 뒤질세라 바람은 입술이 불타
목을 껴안고 번개처럼 덥석덥석,
새들의 짝짓기 노랫소리 환해 더욱 들뜹니다

또래들과 흐드러진 진달래꽃동산에 올라
나를 듯 나를 듯 설레서
봄의 물꼬가 봇물처럼 터져 자맥질하는 사이
모두가 그리움 손짓하는 저 너머로,
나는 술래에 들킬세라 진달래꽃 속
요리조리 꼭꼭 숨어들어 동그마니 꽃무덤 되었다가
훨훨 나비 따라 이 꽃 저 꽃 핥고 날았습니다

역사를 알고부터, 우러러 진혼의 통곡으로 새겨갑니다

부활절 성전꽃꽂이

B.C와 A.D를 가르고 우뚝 솟은 십자가 예수
무덤을 열고 다시 일어나신 주님을 보세요

아, 이 감격 꽃꽂이로 부활절 성전에 바치렵니다
내 죄 짐 지고 못 박히신 십자가 그 사랑
눈물로 엎드려 바친 나드향유 여인처럼
제 마음 꽃피워 세마포와 함께 바치렵니다
맨 위의 십자가는 하얀 장미로, 그 중심엔
빨간 장미 한 송이 보혈의 심장 꽂겠어요
주위를 설유화로 감싸면 세마포 되겠지요

세 여인을 만난 흰옷의 천사는 조팝꽃으로
부활의 심장은 빨간 튤립,
하여, 팡파르트럼펫처럼 땅 끝까지, 기쁜 소식
불꽃은 열한 송이 노란 수선화로 채우렵니다

이리저리 맞추어 보아도 허전한 빈틈은
회향목 몇 단 꽃피워 올리렵니다

찔레꽃 울타리

너른 운동장 아이들 놀이터 가까이
길가 철책선 따라 늘어선 찔레꽃 울타리
여기엔, 공녀로 떠난 소녀의 얼굴에 피운 소금꽃
주먹을 쥔 채 달려온 피땀과 눈물
손발이 부르트고 온몸에 난 가시두드러기
몽골고원을 벗어나려
때로는 놀라, 언덕골짝에 숨고…,
고국에 귀를 대고 동남풍에 쿵쿵거린 심장
꿈속 같은 고향에 왔으나, 못 이룬 그 그리움
진초록 옷깃에 하얀 얼굴이 해맑고
귀엽게 방실대는 노란 머리칼 곱슬머리,
천리만리 날고파 콧바람 일으키는 향기에도
꽃잎은 외로움에 흔들흔들 나부끼는데
침 몰래 발라놓고 사라진 새벽이슬아,
남은 향기 파먹는 벌 나비 바람아,
피붙이 엄마를 고막이 터지도록 불러본 애들아,
내 안에 잠든 보릿고개는 더 이상 깨우지 말고
나를 달랠, 어디 새 소식 없느냐

어느 덩굴장미의 꿈

덩굴장미가 담장 안에서 그 키가
담장을 안고 올라 밖으로 넘어갔다
유치원이 더 가까워졌고 노인정도 잘 보였다
아이들 웃음소리와 노인들 지팡이가 엇갈려 지나갔다
나중에 지팡이가 되고 싶었지만
이 허리 굵기로는 어림없다는 걸 알고
눈물이 밀려왔는데
저만치 기웃거리는 꽃가게 바구니에서
연인의 손에 들려진 장미송이가 방긋거렸다

별빛이 이슬로 내려와 귓속말을 걸고
클레오파트라를 꿈꾸는 요정의 얼굴들이
양 가슴을 내밀고 바람에 흔들리며 동동거렸다
그 누구든 홀려들 붉게 젖은 입술이라며…

난, 아니야, 이제라도 병상 창가로 가서
떠나는 소녀의 영혼을 가슴 가득 받아
그 손 잡고 하늘정원으로 날아갈 거야!

석류꽃 피고지고

붉은 덩굴장미가 지나가는 사람들을 꼭꼭 담아 세는
좁은 길을 돌아 더 깊어져만 간 막다른 골목,
보일락 말락 옛집이 달려 나와 수줍은 듯 머뭇거려
그간 오랫동안 비워져 뭉클거리는 세월 사이,
빨간 줄로 날아간 새까맣던 동네 어른들과
서러운 주름살로 사라진 발갛던 동네누님 얼굴들…
낯선 아이가 나를 이상한 눈으로 주워 담고,
잡초가 어지러운 석류나무는 울울창창 담을 넘어
한창인 꽃 잔치, 진초록 치맛자락 펄럭이며
연지곤지 그 옛날 동네누님 같은 얼굴들,
정 여울 넘쳐 날 부르는 소리, 떠나온 먼 길
보듬으며 벌어진 세월의 틈새를
포근히 다독여주네요

나의 시선 너머 노래와 춤을 즐기는 벌 나비 떼,
– 아하 그래그래, 나, 저처럼 살려 했건만…,
눈시울 핑 돌아 닦고 보니, 허둥대던 내 삶이
석류꽃 피고 지는 자리로 둥그렇게 열려 있네요

시체꽃의 독백

제발, 이 세상에서 제일 큰
덤틱스런 내 덩치를 보시오
그마저 딱 이틀만 피는데,
이왕이면 '황제 꽃'이나,
'제왕 꽃'이라 부를 수 없소?
세 치 혀끝에 올려진 '시체 꽃'이라 말고…

아아, 난 지금 떨려, 자손 세세 두고두고
사람들은 이러니저러니 곧잘 길들여져서…
코머거리에겐 별 것 아닌 내 냄새, 아니
어쩌면, 콧속이 화악 뚫릴 수 있는
기분 좋은 향기일 수 있는 건데,
그 코맹맹이마저 내 이름 듣고
주검만 떠올려, 썩은 내 풍긴다며
코를 비틀고, 이러쿵저러쿵
수군수군, 까부를 게 뻔하지 않소?

아아, 그럴 게 뻔하지 않소?

개망초꽃

오늘 천변에 나갔더니 누군가 수많은 부르짖음
그 속에 분명 내 이름이 있었다
마중 나와 환호하는 물결 속에
조그맣게 잔잔히 쫑긋거리는 하얀 미소들
좌우로 갸웃대며 합창하는 저들을 보고,
나도 반가워 소릴 질렀다

개망초꽃을 왜 좋아할까, 저들이
먼저 알아보고 척척 안기는 곱살한 결 고운 마음,
그간 세상사 말짱 잊으라 씻어주니
그 꽃바람에 훨훨 털어 개운하다

투덜대지도 않고 다소곳이
아무데나 잘 자라 곱게 피는 꽃,
작지만 기죽지 않고 서로 다독이는 형제자매들
별나라 꿈자리에 이름을 걸어놓고
돌개바람에 고갯짓이 은하를 타고 도는
숨 멈출 듯 멈출 듯 눈빛도 뜨겁다

백년만의 꽃잔치

오늘 아침 까치가 짖고 날아간 언덕배기길
앞서가던 아줌마 수상한 셀카 소리
놀란 나비 날아간 그 자리로
고랑을 타고앉아 함박웃음질 하네요

길가, 제 눈을 파고든 짙푸른 고구마순 줄기를
그저 따라갔을 뿐인데, 나비가 날아갔을 뿐인데
아, 이게 웬일입니까?
꿈속마냥 활짝 핀 꽃송이들 소곤소곤거려
보고 또 보다가 찰각거렸답니다

백 년에 한 번 필까 말까한 꽃, 메꽃에 가깝지만
울퉁불퉁한 근육질의 밭두렁에 벌어진 고구마꽃잔치,
마치 나팔꽃의 환생인 양 어느새 고향이 다가와,
나비마냥 두 팔 날개 퍼덕여봅니다
여름마다 창문을 두드려 활짝 열어젖힌 아침햇살
울타리를 타고 흐르는 붉은빛 멜로디에,
팔짝 팔짝 뛰며 마당을 맴돌다가

나팔꽃 줄기 타고 지붕 위 하늘 높이 날아올라,
반짝반짝 별처럼 날갯짓이 훤해, 먼 눈이 밝아집니다
그냥 주저앉아, 마냥 나팔꽃 노래 불러봅니다
그런데, 그게 바로 고구마꽃 노랫말로 바뀌져
뜨겁게 가슴에 맴돌고, 그 바람에 모여든 사람들
귀한 잔칫상에 실컷 먹고 취하여, 여기저기
떠나갈 듯 분홍빛 합창으로 떠들썩합니다
이렇게 지금, 나비처럼 머물렀던 자리에 피어난
아름다운 백년만의 꽃 잔치노래여!

엉겅퀴

도대체 기억이 엉켰을 때
엉거주춤하다가 엉덩이를 털고 일어나
너를 생각한다
– 나에게 함부로 발길질하지 마
– 내 얼굴에 함부로 입맞춤하지 마
– 털북숭이라 입술에 거품질하지 마
침입자의 비명을 따돌리듯
위장한 초병처럼 가시병기를 두른 가시 잎들
왜 가시나물이라 하는지 알겠다

때를 알아보지 못하면 무너지기 십상이라
배고픈 허리를 서둘러 떠안고
나비가 가까이 와서 마법을 걸다가
안겨, 이리저리 꿀젖을 빨고 헤어지기 싫은 해거름
내 손을 대보기엔 너무 큰 꽃
가슴이 달아 손을 흔들면 한 눈을 깜짝깜짝,
바람이 냅다 달려와 낚아챈다
내 몸에 네 피가 엉겨 이렇게 흐를 줄이야!

능소화

아무래도 혼자서는 제 몸 가눌 수 없어요
기다리는 서화담 같은 임 오지 않는다면 어쩌지요
불붙는 눈 환히 씻고 내다볼래요
오순도순 기어올라 하늘을 쳐들고
고개를 밀어 담 밖을 들춰 볼래요
별빛에 머리 감고 달빛에 고이 빗어
햇살 가득 빗살무늬
시문을 읊어가며…

아, 능수버들처럼 늘어져
출렁다리 건너는 깜짝 맛에 취할까
춘향처럼 바람자락 붙들고 그네를 즐길까
넌출로 서로가 춤추듯 길을 내며
보는 것은 달라도 그 바람은 같아요, 언제나
주홍빛 얼굴을 드밀고 환하게 웃어줄게요
심장의 끝자락 한 올까지 다잡고, 그때엔
기꺼이 금쪽같은 심실心室의 순정을 먹여줄게요
황진이처럼 마지막 목숨 빚어 뚝, 사라질 거야요

치자꽃

품은 향 곱고 부드러운 색조,
꽃이 정겨운 것은 웃음을 잃지 않기 때문이다
치기로 훔쳐 먹는 코끝을 밀어내지 않고 받아주는
그중, 치자꽃은 내 마음을 꼭 잡아주기 때문이다
어둠에서도 하얀 속삭임, 노란 속눈썹 깜박깜박 빛나
마주하면 수줍어 고갤 떨구기에 바싹 다가가면,
풀리지 않고 엉기었던 거친 노독路毒과
귀 울음 울렁증이
혼절할 듯 물결쳐 나도 고갤 떨군다

매년 이맘때 7월이면, 내 박동搏動에 심어 논
눈 꼽아 기다리기로
창밖 목련나무 그늘 아래에서
미는 바람으로 손을 잡고
매 첫 만남이, 때로는
터벅터벅 내리친 빗발로 짓밟혀 그 처연함과
울컥 미어질 듯 그 허허로움이, 내 영혼 깊이 박혀
날카로운 사금파리처럼 솟는 운명적 여로旅路여!

달맞이꽃을 맞다

밖으로 향하자 7월 초록그늘을 거느린 저녁
상쾌한 바람이 나를 둘러싸고 주물러주었다
나를 녹여 내고 있는 바람을
난, 야금야금 먹어버렸다
뱃속까지 시원한 바람이 물결치며 스며
푸른 날개로 창공을 향해 바람처럼 날 수 있었다
초승달빛이 내 날개 위로 고개 떨구며
작별의 눈짓을 보내왔다

열이틀 후, 보름달빛이 오동나무 끝자락을 타고
한옥문살 창호지를 두드렸다
열리지 않자 조심조심 입술을 대었다
혓바닥에 녹아난 침이 흥건히 흘러
내 얼굴에 배어들었다
혀를 내밀고 그 입술에 대었다
나도 달빛처럼 창 안팎을 넘나들며
갈대가 노래하는 강가 둑길로 나가
밤새 피워낸 달맞이꽃을 맞았다

해바라기꽃

오랫동안 신이 되어온 태양

사람들은 엎드려 제祭를 올렸으나

그를 향한 동경은 모두 허공을 떠돌 뿐

그분의 마음을 헤아릴 수 없었다

태양은 일어나 제 빛으로 세수하고

아침 이슬만 먹고 세상을 찬찬히 보았다

숲을 갉아 먹는 벌레들과 톱날처럼 윙윙대는 사람들

더러는 삭정이 먹까지 차서 토해냈다

생식하며 짝사랑 냉혈로 치받고 짝짓는 모래언덕

허공에 뿌리박고 갈증에 허덕이는 무리들,

갯벌위의 발자국들은 밀려오는 파도에 지워지며

쓸쓸하기 그지없는 파도 너머 유난히 사로잡는

꽃 한 잎 한 잎마다 불꽃 너울춤,

햇살로 곱게 세수하고 이슬만 먹은

둥근 얼굴에 큰 눈망울로 손을 내젓듯

부채 잎 훨훨 구름을 밀쳐내는 해바라기꽃,

붉은 심장으로 노란 불꽃을 토한다

화들짝 놀라 벙글대는 해가 문지방을 넘고 있다
황홀한 심장에 두근대는 해바라기꽃,
그 노을 고운 햇살 가슴에 묻고…

어느덧, 천 개의 씨가 꼬옥 숨어 통통 여물어 간다

코스모스 근황

아득히 먼 태초, 지구별에 내려와
차디찬 발의 눈물을 닦고 어둠을 씻어내려
가장 먼저 노래하며 개미허리 춤춘 코스모스여!

– 그간 세상이 너무 변한 것 같아
– 내가 너무 오래 머문 것 같아
– 이제 훨훨 여길 떠났으면…

어느덧 네 속에 파고든,
지구별보다 더 외로운 이와 살고 싶은
그렇게 우주로 나는 천사 되려
바람결에 풍선처럼 들썩이는 날갯죽지이파리들,
이미 꽃잎머리카락은 하늘에 닿고
은하수 어느 심연의 깊은 핏줄에 흘러들어
정겹게 제 피를 먹여주려 펄떡이는 심장
발바닥도 들썩거려 더 이상 견딜 수 없어…
아, 그런데, 갈수록 더 외로운 이들이 발목을 잡고
자꾸자꾸 끌어내리니……

천사의 나팔꽃

허어, 장하구나! 꼭 전해야 할 거룩한 몸부림,
저런 두께의 아스팔트를 뚫고
놀랍게 솟구치며 그저 웃기만 하였으니!
네 키와 가슴이 커질 때마다 마당 가득 생기로
퀴퀴한 쓰레긴 벌벌 기어 뒷걸음질쳤으니!
뭇 시선 잇달아 지켰던 바, 하늘의 기쁜 소식
6월 들어 밤마다 하나씩 켜진 노란등불
벌 나비 떼 모여 춤 노래 가득 훨훨 진동하였기로…
마디마다 기다란 봉오리 봉오리 화알짝,
밤마다 하늘나라 천사들이 사알짝 내려와
하늘에 새겨진 이름들 불러내 별빛보다 찬란한
트럼펫 소리 가슴 설레게 하였으니!
한여름 가마솥 불더위로 지쳤던 주름살에
꽃숭어리 노랗게 한들한들
푸른 잎줄기도 시원스레 부쳐주던 그 빛살,
쌀쌀한 가을에도 마당에 들어서면 훈훈하더라
이제 곧, 그 트럼펫 소리 사라질지라도
더 큰 새날 불어줄 트럼펫 소릴 남겨두었으니!

무궁화동산

우주를 지으신 분이 이 지구에 머물며
헐벗고 굶주리며 눌리고 상처투성인 백성을
눈여겨 보시지 않겠습니까?
꽃을 피워내는 초목을 미리 궁리하시고
이들에게도 할 일을 맡기시지 않았을까요?
분명, 그분의 당부가 심장에 꽂혀
우리 국혼의 요람搖籃이 무궁화동산인 것을…,
큰 스승 남궁억 장로로 온몸 다부지게 주먹 쥔 손
일제의 총구를 흔들고 이겨내게 하셨으리니,
들으라, 동포며 세계 만민들이여!
전국 곳곳 학교와 교회며 집집마다 정원과 울타리
삼천리강산 아우르는 무궁화 심장박동 소리를!
태극기 뒤흔들어 만만세 높일 것을 미리 보시고
죽은 듯 시들지 않고 다시 피는 우리 역사의 불사신
만 민족 중의 으뜸이 되는 무궁화여!
아, 그렇게 세계 증언대에 서서 빗발치나니
하여, 드높여 세운 강원 홍천의 연봉리 무궁화공원과
감동의 일본 사이타아 현 10만 그루의 무궁화동산이여!

___ 제3부

나무. 숲과, 그 행간

푸른 천마도벽화

새들이 지저귀는 새벽
약수터 물 긷는 사람들 두런두런 인사하는 시간
지난날 우리 고분의 천마도 엉치등뼈 들썩이며
환성을 질러댔던 바로 그 길이 아니더라도
신기롭게 만난 푸른 천마의 울음소리
간절한 꿈은 언젠가는 하늘을 날 수 있듯,
담쟁이 새순들이 제 세상을 만난 듯
하나로 뭉쳐 뻗은 호기로운 기상,
담벼락에 붓 칠하듯 번져 비상하는 천마여,

아, 담장 벽의 경사를 타고 날아오른 웅비雄飛여,
쉼 없이 하늘을 나는 발굽 소리
휘황한 푸른 갈기를 날리며 땀방울 뚝뚝…

은하수를 향해 마른 하늘에서도 물소리 들으며
해와 달도 반기는 밤마다 별빛 찬란한 하늘,
비상에 걸려 길을 열어주는 허공, 저 푸른 천마는
어느 별에 닿아 그 결기로 건국신화를 쓸까?

초록 푸른 문신

흔해빠진 손도장보다 훨씬 드문
발도장을 보았다
아기가 태어난 지 백일, 아빠는
백일기념으로 소나무 화분을 들고 와
두 손을 들고 하늘을 향해 기도한다
감은 눈 두 손 끝 길게 뻗어간 길은,
안면도 적송처럼 비바람 파도를 가슴에 묻고
하늘 향한 초록 푸른 가지들처럼 계명성에 닿아
그 발바닥뿌리는 5대양 6대주를 넘나든다

이런 아빠의 마음이 아기의 발바닥에 흘러 닿고
아기의 발바닥은 하늘에 닿아, 그 발바닥에 묻힌
초록 푸른 물감은 하얀 화분 벽에 잘 박혔다
두고두고 그 일생이 소나무심장에 뛰놀며
그처럼 힘줄이 자라고 싱싱하게 하늘을 날아
저 은하계를 향해 넘나들 귀엽고 자그마한 발바닥
이렇게 굵고 짙게 꽉꽉 박혀 붉은 절벽을 뚫고
엄동설한에도 꼿꼿할 그 늘 푸른 기개氣槪여!

폭낭*

제주도에 가면 여기저기서 폭낭의 노랫소리 들린다
옛 어른들이 사랑방 노릇 별러 폭낭을 심었기에
잠깐 일손들,
송알송알대는 땀방울 달래려고 그늘을 불러
불어오는 바람의 치맛자락 처들고 노랫가락을 띄운다
서로서로 흥겹게 노닥거리며 풀무질하다가
다시 바닷가로, 밭일로 흩어져 죽살이친다

꼭꼭 숨겨놓은 명월리에 가면 냇가를 끼고
여름매미들 남아 그 시절 애타게 부르고,
술에 취해 쓰러질 듯 '갈지자之'로 걷던 그대로
아니면, 선비들이 펄럭이던 도포자락 날리며
겨루던 풍류를 아직도 흔적으로 흘리고 서서,
벌렁 누워 일으켜 달라는 소리를 뒷전에 두고
흥얼대고 있는 폭낭도 있다
즐겼던 선비들의 풍류를 보려거든
삼현육각을 풀어놓고 국화주에 신명풀이, 밤에는
매화주에 흐드러진 명월대달빛 아래 풍류잔치 벌여보게!

* 팽나무의 제주도 방언

나무 청진기

통영엔 귀 맑게 웃어주는 편백나무 숲길이 있다
이곳에 걷는 사람들 머리 밝고, 눈 동글동글
콧구멍 벌렁댄다

통영바다 물장구에 맞춰
옹알대는 편백나무들, 사람 말소리 잘 알아듣고
두런두런 참견도 한다

누군가가 그 소리 알아듣고 앓거나 웃거나 어느 때든
다른 이들에게도 전하라며 걸어준 청진기,
때로는 그렁그렁한 천식소리,
나무의 가슴에 맞닿아 바로 나와 하나라는
그 숨소리와 함께, 신음과 말소리 노랫소리
뿌리로부터 올라오는 원기와 물소리들은
반갑다는 듯이 꼬옥 껴안고 옹알이 곡조를 먹여준다

사람들 가슴에 쥐어주는 청결한 안부,
나직이 노래하는 벗들이 즐겁게 줄지어 맞고 있다

축령산 삼나무편백숲

모처럼 숲길로 든다면 축령산 편백숲이 좋겠다
키 크고 울창한 숲길 우러러 한없이 걷고 싶다
가다가 가만히 서서 그 키를 만지며 오르면, 결국
하늘과 맞닿는 수많은 꼭짓점, 밤마다
오르락내리락 별들도 잠겨 멋진 우주여행 되겠다
나무 하나하나를 안아주고 싶은 맘 굴뚝같지만
그들이 먼저 안아 내가 안긴 숲
오라, 손잡고 뛰놀며 털털 털어내리라

겨우내 동상에 걸려 콧물이 그렁그렁한 것들과
허둥지둥 헤매느라 지근댔던 머릿골을 비우고
달리느라 몸에 낀 찌꺼기들
불빛 깜박깜박, 어느새 덜컹거리는 심장을
(…)

간 쓸개 위장을 널어놓고 동면처럼 평상에 깃든 사이
날아다니던 피톤치드로 링거를 꽂고 자장가를 불러주니,
잠긴 눈을 비집고 꾀꼬리 날아들어 노래하네

부부 회화나무

남사예담촌 한옥마을에는 골목담장 밖에서 외롭게 자라
손을 잡고 기도하며 도란도란 별바라기로 숱한 세월
어느 날 새벽아침, 해님의 주례로 혼례를 치르고
마냥 눌러 앉은 부부 회화나무가 있다

서로 마주한 발치에서 껴안은 듯 가슴을 안고
언제나 깍듯한 인사로 굽어 있다
아내는 더 낮게 다소곳해, 둘은 한 곳 하늘을 우러러
새벽마다 새 이슬 정화수로 몸을 씻고
말씨와 얼굴까지 닮아 이곳 사람들은 옷깃을 여민다
번개와 천둥 비바람 폭설, 비켜설 수 없는 더위와
한파를 견디며, 언제나 서로 섬김이 정겹다 관광객들
어느 부부는 이들의 눈길 밖으로 달아나고,
눈길 안으로 몸부림치는 부부도 있다

세 겹 놋줄보다 썩은 새끼로 연緣을 엮는 이들이여!
이 시간도 꾹꾹 눌러 쓴 편지를 읽고 있는데,
들리는가? 한곳으로 흐르는 저 청아한 목청을…

서어나무마을 숲 합창단

사각사각 구성진 멜로디와 아름다운 하모니
저렇게 보기 좋은 고개를 갸웃대며
입술을 쩍쩍 벌려
어깨춤으로 노래하는 숲을 보았나?

지리산자락 운봉 행정마을 아름다운 숲 1호
찬양하는 일출에 생기를 먹고 저녁놀 반기는 화성和聲
잘 익은 작사 작곡 지휘, 햇살과 달님 바람이
각각의 목청을 잘 구슬리고 다듬어 하나로 우리고,
근육질 늑골 깊은 복식발성 끌어내
민요와, 때로는 헨델의 할렐루야를…,
보름밤엔 즐겨 메기고 부르는 강강술래
잠꼬대에서 새들도 메기고 받아 부른다니
논배미 벼들과 밭고랑도 흥겨워
가자! 관광 피서객과 마을 사람들
이곳, 합창의 곡창지대 서어나무마을 숲으로,
바래봉 둘레길 구름도 몰려와 열광할 때마다
뿌리는 귀를 세워 쫑긋거리며 발돋움질하는구나!

담양 죽녹원에 가다

왕대숲 찾아 담양에 빠져드는데 남이섬에서
겨울연가가 살짝 허벅지 보인 열릴 듯 닫히는 소실점
메타세콰이아 길 쭉쭉 뻗고 날아든 댓잎차 향기
플라타너스 가로수로 찍힌 내 머릿속 무늬를
시원스레 지우며 달려가네
땅위에 거꾸로 세운 붓대마냥 하늘로 향했는데
번번이 놓치는 바람을 겨우 잡아 방점 하나씩 찍고
왕대숲에 귀청 맑아 손짓하네
저 큰 붓을 누가 언제 잡고 쓰는 건지!

관방제림 맞은편 산턱 키재기로 촘촘히 들어선
죽녹원 왕대밭에 바람이 일면 피리젓대 구멍이 열려
죽탁으론 속된 것을 솎아내며 연주에 분주하네
쭉쭉 뻗은 여덟 대숲 길 모둠 풍경은 절개 높은
선비들의 가사와 시조 소리로 뛰어나네
메타세콰이아 붓대 들고 하늘을 향해 받아쓰는 글귀
어느덧, 내 마음은 백만 마딜 담고 있는 왕대숲이라
불입문자로 닫힐 듯 닫힐 듯 열려지는 소실점

미루나무

우리 동네 하늘소식 제일 먼저 받는 지상안테나
천수답 논두렁을 끼고 서 있는 미루나무
까치들 집짓고 사는,
제일 먼저 눈구름 바람 빗소리 들어 눈 밝아
멀리 자전거 타고 오는 우체부 편지, 먼저
까치에게 전해주면, 그걸 물고 그 집에 들려주지요

미루나무야, 키 커서 싱겁다는 말 안 들도록 해야지
이렇게 말하면 잘 알아듣고…,

키 작다고 놀림 받는 아이 밤마다 꾸는 꿈,
굵은 허리에 상한 마음, 다리로 처진 어깨 다독다독

매미채에 놀라 옮겨온 매미는 맘 놓고 실컷 노래하죠
바람에 흔들릴 때마다 매미 노랫소리도
흔들리어 떠내려가고,
때로는 연줄에 감긴 채
매서운 폭풍우 내려칠 때면 꼭꼭 숨겨주지요

입양 부양가족

정말, 예사 일이 아님이여!

그 세월의 육중함, 경이감, 진한 울림

500년을 일궈낸 끈기,

충남 청양 목면 본의리에 적을 둔 이 느티나무에

벌거벗고 방황하던 애송이 버찌 하나 나풀대다가

착지着地 잘한 체조선수처럼 잘 안겨

그 품속에서 자라며 꿈 하나 불붙여

봄볕에 꿈틀거리다가

어린 벗나무 가지마다 꽃잎 활짝 생글생글,

늙은 느티나무 젖멍울 아랑곳없이 싱글벙글

몰려온 바람 욱실거리다가 쫘악 퍼뜨려

사람들 와자지껄 버튼을 찰각대고,

햇살은 놀자며 힐금거립니다

또, 꽃 지고 아물면 버찌 애송이들 잔뜩 태어나는

길찬 품속에 생뚱맞은 살붙이들을 안고 부풀어

시속 500Km로 신나게 달리는 느티나무여!

마지막 경주, 정말 장하고 멋집니다

평강식물원에서

들뜬 마음 달래 재우려면 어디로 가야 할까
알록달록한 추억을 호주머니에 꼭꼭 넣어두었다가
곱살한 조약돌처럼 꺼내보고 싶을 때를 생각하며
원래 동의보감의 책장冊張이 땅속으로 기어들어,
그 뿌리 열두 테마로 번창한 평강식물원을 찾았다

'울레미 소나무'를 붙들고 이내 웃고 말았다
그 모양새에 반해 처음인 듯 정겹게 나눈 산딸나무
층층이 초록빛 머릿결 하얀 십자무늬 리본 꽂고
치마폭 바람에 흔들려 깜직한 앙감질 흥얼대는
랄-랄-랄- 노랫소리 너무나 눈부셔,
한참을 우러러보았다
눈에 밟히도록 받아쓴 만병초, 새로 사귄 깽깽이풀
산비장미 산사나무를 지나 무늬개키버들은 보면 볼수록
꽃 아닌 나뭇잎이 울긋불긋 나뭇잎 아닌 꽃과 같아
영상에 담고, 계속 손짓하는 포토존을 뒤로 했다
후미진 골짝에 웃음을 퍼주며 어깨동무로 늘어서서
가지 말라고 옷자락 붙들고 날 붙좇는 다정한 것들!

명성산 억새밭

무슨 슬픔이 이렇게 저려오는지
암처럼 뭉쳐진 아픔이 이토록 지곱게 고아져
눈물바다 억새풀들이 하얀 머리칼 풀어놓고
한바탕 오열嗚咽하는 몸부림,
쌓인 상처 내저으며 목 놓고 있네
어쩜, 나간 넋들 저처럼 희끗희끗 웃고 있을까?

명성산이 떠나갈듯 뒤흔드는 저 흐느낌, 내 발길
붙들고 늘어져 목멘 자리로 마구 내저으니
나도 애꿎은 바람만 붙들고 몸부림치네

심장에서 폐부로 서릿발 피멍든 목청들,
무너진 사직의 핏빛 통곡 그 얼마든가?
궁예의 시린 가슴팍 밟고 그 말발굽 보았나?
천년 기억들이 버리고 간 그 무거운 그림자
목에 걸려 게워내는 시간들,
이처럼 겹겹이 쌓였던 옹이가 파도처럼 밀려와
아무 발목이나 잡고 하소연하는 건가?

바오바브나무

하늘에 뿌리박은 너의 생김생김에 웃음이 저려
웃다가, 지나가는 바람과 이야길 나누었지

네 눈빛만으로도 상한 맘 달랠 수 있다 할까
가슴속 물탱크 단비로 목마름 주름살 펴준다 할까

배고픔도 달래주고 밧줄과 옷감도 대준다니,
온 동네 식솔들 안아주는 환한 보름달이라 할까

네 말만 듣고자 했으나 나만 말하고 네 다문 입
헤아려 보라는 네 눈빛 하나로도 정말 다사로워!

네게 홀딱 반한 탄자니아의 하자베족에서 듣자니,
신도 네 온몸 빌어 그 가련함에 노여움 풀었다구?

아, 그리고 보니 밑동동굴은 신전이라, 믿고 바라고
구하면 그 간절함에 부어주시는 하늘과 통한다 할까

맹그로브나무 숲

누가 밀어붙여 나떨어진 것도 아닌데
서로 스크럼 짜고 이루어낸 숲을 보라
억세게 휘몰아 들끓는 파도를
든든히 품어 막아주는 방파제로,
잘 견디며 베푸는 따뜻함이 얼마나 고마운 일인가
너를 보고 나서 바로 알았다 너의 휘파람 소리,
주위를 품고 시린 발을 짠물에 갈래갈래 세워
볼과 코끝이 불그레한 핏기가 돈는 걸 보면
눈물 실어 유별나게 배꼽으로 낳은 자식들,
이역만리 파도치는 그리움 띄워 안부를 묻노라

장하다! 터지던 폭탄에 고비를 넘긴 베트남해안과,
너희 품에 안겨 살아가는 온갖 지느러미와 갑각류들
가슴에 둥지 튼 새들도 즐겁거든,
밤마다 수억의 불빛 조잘대는 반딧불이들과
뿌듯한 식감에 바쁜 물질의 홍학 떼 흥겹구나
멀리멀리 뻗어 동서로 남북으로 꽉 차서, 초록숨결
만록萬綠, 오대양육대주를 덮는 날 어서 오라!

제4부
인문과 지리로 멈춘 발길

으릉정이 문화거리

대전역 앞 목척교 지나면,
은행나무가 선사시대를 거뜬히 건너
백제에서 지금의 은행동 으릉정이를 낳고, 최근
젊은 맥박이 뛰노는 문화거리로 다시 태어났나니
내가 바람이 되면 당신은 은행나무가 되어
살랑살랑 푸른 날개를 달고
가을엔 노랑 날개로 날자

나는 너의 노래가 되고
너는 나에게 다가와 얼싸둥둥 춤추는 곳

세간의 오염에서 청정한 해방구,
그리움도 뿌리 깊어 짝짜꿍 얼굴들
새것들 점박이로 박혀
밤하늘 눈부시게 수놓는 스카이로드,
그래, 친우여 이리로 오라!

생면부지도 연분이 있다지?

진산자원 고물상

도심을 질러가는 길가에 고물상 하나가 아침을 지나
허기진 배를 움켜쥐고 있다
한참 만에 싣고 온 리어카로 끼니를 때우고
후닥닥 계산을 마친 이는 징검다리를 건너뛰듯 사라졌다

이 마을 저 마을 누비며 가위춤 추던 고물상 주인,
헌 고무신 법석였던 아이들 냄새 그리워 피워 문다
진산자원이라 명찰을 달고 낡고 찌든 것들을 모아
거듭나 사는 자화상이 낙엽 밟듯 지나간다
정오쯤 병들어 버려진 철 문짝이 들어와 입맛에 맞게
급히 산소불꽃에 잘라 밥상을 차린다

이웃들이 먼지에 눌리고 소음투성이로 찌들까 봐
영산홍 화분을 향나무 분재와 섞어놓고
낡은 창고살이 주눅 들지 않게 벽을 세운지라
맛좋은 화공을 불러 산과 바다 하늘을 들여 놓고
어둠이 엎치락뒤치락, 막바지에 끌려온
삭은 앉은뱅이저울에 살아온 무게를 달고 있다

포장마차 촌

용산엔, 지금은 사라졌지만 한때 이름난 포장마차 촌
그 골목길로 들어서면 산더미처럼 쌓인 포근한 살내,
모락모락 김들이 예쁜 무지개빛깔로 널리 알려져
저녁 퇴근길 얼키설키 들어서는 곳
떡볶이, 튀김, 오뎅, 꼬치 등, 인기몰이에
소주잔을 퍼 나르며 날리는 배꼽 웃음
돌 지난 이야기에 화장터까지 곤두선 마음도 까놓고
들쑥날쑥 조잘거리죠

어머니 잃고 허둥대던 청년,
맺은 새 이모와 몇 겹 몇 겹 포개다 보니
아물어가는 생채기 마른 눈물,
딸내미 찾아 나선 아빠에게도 잊지 못할 간이역,
휴가 나온 군인들의 먹성이 부럽기만 한 쉼터네요
내일은 무슨 빛깔무늬로 다가올까
이 늦은 시각, 냉가슴을 데워가며 홀짝이는 저 중년은
버릴 건 버리고 건져내는 가장 살가운 시간
이토록, 서로의 눈빛 아롱지는 절절한 밤풍경이여!

춘천 대곡리 사과밭

소양호엔 숱한 마을이 눈을 뜬 채 잠들어 있다
애틋이 바라보는 것만큼 그리워
선연히 떠오르는 그 순혈의 향수,
빨래하던 아낙들의 웃음소리 냇물에 흘러간다
담쟁이 호박넝쿨 길게 기어가며, 아기 울음소리
꼬부랑꼬부랑 건네주던 바람에,
교회의 종소리도 귓가에 스치다
저녁연기에 무논, 지게엔 어른들 쇠스랑 쟁기 얹고
소몰이 꾸역꾸역 들어서는데, 와자지껄
골목길 아이들 뜀박질 자욱하다

물 위로 올라 주위를 보니
숨바꼭질하는 산들이 가쁘게 내뿜는 숨결
산기슭을 타고 내려와 숨을 고른다
어느덧 다스한 햇살, 다소곳한 바람과 눈웃음치며
멱을 감는다
반짝반짝 고운 살결, 빼어난 깃털 금빛 날갯짓
한꺼번에 차례차례 날아올라

춘천 대곡리 높은 사과밭에 깊게 깃든다
볼 부비며 쓰다듬고 뜨거운 입맞춤,
붉은 입술은 타올라 온몸으로 번진다
흐드러지게 흐르는 기름진 빛깔, 그 속살은
단물 알 즙으로 꽈악 박혀 몽글몽글,
가을이면 새큼한 단내 물씬물씬 붉게 진동한다

수물로 뿔뿔이 흩어져 어디론가 사라졌지만,
몇몇 실향민들 질긴 향수 뿌리 채 흘린 눈물의 기도
그 땀내를 맡고 하늘이 내려준 에덴의 향낭香囊이여!

함안 낙화落火 놀이

어두움은 어둠을 살라먹고 죽어간 시간들이 슬퍼
어두움을 달래는 연등불빛 열리고,
사라졌던 세월들 눈떠 웅성거린다
똘똘 한 땀 한 땀 뭉쳐 무진정연못에 벌인 불꽃놀이
낙화타래에 불붙여 설레는 밤,
아, 탁탁 불똥 튀는 저 불꽃들 바람 타고 흩어져
꽃잎처럼 나풀나풀 추는 군무며,
까치발로 몰린 사람들 내치는 손뼉함성 와자그르르,
명창들 얼씨구나 어깨춤 한바탕 휘돌고 휘도니
낙화들도 줄줄이 불꽃 춤 들썩들썩, 허공은 울렁울렁

밤은 깊고 쿵쿵거리는 별들의 심장소리,
긴 줄에 매달린 2000개 낙화들의 날숨들
불붙어 기다랗게 내뿜는 영기靈氣여,

어둠이 기억하는 하늘보다 불꽃을 안아주는 하늘에서
지난날 읊던 시조와 민요 독경들이 합창하듯 들려오고
그간 사라졌던 모든 별똥별이 다시 살아나 춤을 춘다

낙안 읍성 대장간

세월이 멱살 잡고 자빠뜨려도 쓰러지지 않은
낙안 읍성에서 찾아낸 전통 대장간,
첫닭이 울면 어김없이 대장장이 강노인의 발소리
콧노래 들려요
팔십을 넘겼어도 저처럼 쩌렁쩌렁한 뚝심,
무쇠 세월을 꿇려놓고 사죄라도 받아낼 듯
내려치는 때앵 때앵…, 불호령 내려
풀무질 혼불 먹은 무쇠가 쩔쩔매며
벌겋게 관통貫通되어 싹싹 빌고,
그 녹아든 순간을 망치질로 낚아채니
호미, 낫, 삽… 순산으로 탯줄을 끊고
다시 불어넣은 혼불은 홍겹게 퍼져,
귀에 들리는 잔잔한 농부들의
미소와 두레 깃발 휘날리는 풍년가로…

60여 년 담금질 망치질 구슬땀들이 농익은 대장간엔
누구나 두드려야 단단해진다는 하늘망치로 가득하네요

여수 돌산에 가다

여수는 그 이름이 여우같아 선가 돌산대교를 따라
꼬리를 감추고 제 몸에 숨어든다
여우비인가 멀쩡했던 하늘이 애달다
빗줄기 하늘을 날더니 바다로 뛰어든다
땅은 덩달아 엉덩방아를 찧고 얼얼하다

항구에서 유람선을 띄울 시간,
선실에선 옥작거리는 생 트림
구경꾼들과 춤꾼으로 나뉘어 헐떡대는 조명등,
번쩍번쩍, 모두 좀 쑤셔 어깨 들썩이며 춤을 춘다
내일이야 날아간들, 오늘 살다 오늘 죽고서야…
배는 고동을 울리고
더욱 세차게 손가락 휘저으며 온몸을 비틀면서
수평선 저 멀리 발 동동 비비대며, 으-싸 으-싸
불타는 온몸 마지막까지 들쑤셔 놓고…

바다위로 섬들이 둘레춤 추는 산들, 향일암은
향로처럼 앉아 자기처럼 동녘하늘 해바라기 되란다

보길도 세연정

동백꽃이 만발해도 채워지지 않는 보길도
영산홍과 연꽃이 채워도 숨차지 않는 부용동
발길이 정작 땅끝마을에 닿으면,
바람이 바닷길을 질러 보길도로 내몬다
세월을 풍류에 새겨 발길을 멈춘 고산孤山처럼
우렁찬 파도에도 부서지지 않고
이내 정들어 보길도 위로 떠오른다
아기를 안듯, 돌 소나무 대나무 물과
달빛을 보듬고 구슬소리같이 흐르는 냇물로
몸을 씻는 계담과 회수담, 그리고 굴뚝다리,
언제 고산처럼, 옥소암에서 춤사위 펄럭이며
그 물그림자 거느릴 수 있을까
세연정과 눈귀 맞대면 보일까
세연지를 둘러싼 석축과 눕고 선 괴이한 바위들은
물소리 넉넉한 풍치로 가슴 모아 품고…,
고산은 왜 그 세월을 빼내어 어부사시사를 즐겼을까?
아, 달밤 맷돌에 솔바람 대숲에 빚는 뱃놀이
그리워라, 세연지물에 씻어 빚는 거문고 소리!

대마도 기행, 첫 발에

나는 지금, 그 옛날 정처 없이 떠돌다가
낯선 섬에 붙박이로 살았던 마한 사람들의
그리움에 들떠 맑은 날 멀리가까이 까치발로
눈에 잡힌 마한 땅을 보며 그들이 정착한 땅을
대마도對馬島라 했던 조상들의 기억을 더듬고 있다

우리 역사의 한 페이지 언제 잘려나갔나?
징검다리 건너듯 박위 이종무를 지났다

구한말 최익현 선생의 혼령이 뚜벅뚜벅 걸어간
그 비석 핏빛에 새겨져 눈시울 적셨는데
바로, 매국의 단골메뉴 이완용을 천덕산에서 만나다니
역사의 아이러니가 메아리치는 필적,
이 웬일인가? 나라 팔아 받은 작위 자랑인가?

좁은 골목 옆발치로 나 있는 그 사잇길에
갑자기 시커먼 돌가루가 떼 지어 날아든다
눈뜰 틈 주지 않아 첫발에 걸려 넘어졌다

어느 비탈마을 사람들

부드러운 곡선이 어쩌나 눌렸던지 예각이 되어
어디를 둘러봐도 깎아지른 뻣뻣한 돌무지들 뿐,
잠깐 보기에도 질려 달아나고픈 충동이 멱에 차는
그 순간, 저게 사람 사는 마을이라니!
번쩍 들어 올린 눈꺼풀에 묻어난 풍경,
아! 하고 다시 한 번 보게 된다

오죽했으면 이런 곳으로 도망쳐 왔을까?
전쟁에 시달렸던 조상들 껴안고 지금껏 살아온 안간힘,
비탈 우리에 갇혀 그간 전쟁 피 얼룩 다 씻어냈을까?
140마리의 양과 염소가 겨우 다니는 비탈길 틈새로
몇 꾸러미 달걀 같은 감자가 숨쉬고,
갈래갈래 맞닿은 핏줄 퉁겨보면 애련한 그림자 늘어선다

소낙비 같은 웃음 한 줄기여,
서로를 보듬고 껴입은 삶의 옷자락을 아우르며 마셔온
깊은 골짝 옹달샘 맑은 물 한 모금
목젖 적시고 싶은 오롯함이 어언 내 가슴 가득하구나!

쌍끄란 물 축제

마음속 꿈꾸는 것들을 키우려면
먼저 잘 심고 물 줘야 할 것 아닌가
이래저래, 한꺼번에 터져 나온 저들을 봐라
물보라 서로 부딪치며 아우성,
물장구치는 것들을 보아라

모두 홀랑홀랑 바람벽도 무너진 채
물총과 양동이와 호스로
뿜는 물들이 모두 황금폭포수 될지니…
냉가슴 쌓였던 노여움, 닫혔던 말문들이
웃음으로 돌아오는 너붓함이 될지니…

그간 거무죽죽 깐깐한 주름들과
꾀죄죄한 것들도, 오늘은 넙적넙적 잘 받아먹고
길거리로 나와 모두 왕이 되는 날

가로수 비린내도 씻겨 맑구나!
부디, 어둠을 받아치는 물의 여신이여!

엘 로시리오마을 이야기

날개에 하얀 두줄박이 줄무늬,
검정 테두리 잘 익은 황제나비는, 생기롭고
황금빛에 오렌지색이 깃들여 더 어여쁘다
잡아서는 안 된다는 눈빛이 녹아들어
환영하는 멕시코 엘 로시리오 산악인들,
죽은 아이들의 부활을 읽고
'작은 고인'으로 모시는 포근한 마을 사람들,
그간 로키산맥의 서늘한 진액을 빨다가
발치에서 서릿발 내밀며 눈살 찌푸리면
그리움 켜들고 발길 서두르는
1억의 날갯짓들
그 꿈의 고향 오야멜 전나무 솔숲, 비바람에도
어깨를 다독이며 거기까지 날 수 있다니!
눈물마저 헹굼 물인 양 기운을 짜내어
황금 날갯짓 반짝반짝, 만리 길 가물가물
볼수록 눈부신 풍경에
트럼펫 같은 쟁쟁한 환호성,
춤추며 천사들로 맞는 천국마을 휘황한 잔치여!

이라와디강의 밥상

우리의 밥줄이 강줄기인 것을 미얀마의
이라와디강에 가면 한층 더 눈 밝아진다
중국과 인도에서 흘러든 합류, 서로 싱그레 얼싸안고
안은 몸을 빙빙 돌려 춤을 추며, 그 젖줄로
몰려든 밥상의 풍경들

강가의 농토에 기댄 마을과 가로지르는 나룻배들
산 숲 곳곳에 번쩍거리는 사원을 먹이고 있다
수많은 협곡으로 머리를 싸맨 이라와디강,
산지를 빠져나온 대나무가 대나무를 나르는
뗏목들을 위해 밥을 짓는 아낙네들
차지고 고운 점토로 빚은 빗살무늬 항아리들과
빛깔 좋은 농산물에, 잡아 올린 수산물도
장날의 밥상을 낳고,
물소우차가 밥상이 되는 풍경은 더욱 정겹다
우기로 치솟는 물살은 이승과 저승을 가르지만
하류에 격류가 부려놓은 기름진 농지로
살찐 논두렁 밭두렁을 끼고 넉넉한 곡식들,

이를 나르는 배들이 오밀조밀 앞서거니 뒤서거니

(…)

누가 가장 흥겨운 별식으로 저녁상을 차릴 수 있을까?

바로 강 건너, 해넘이 저 낮은 산마루턱

저녁놀 강물에 띄워 흥얼흥얼 콧노래로 머리 감고

차리는 이곳 아낙들이 아닐까?

산에 묻다

잃어버린 동지들을 두고 온 산, 다시 오른다

언제나 그저 거기에 있어 날 부를 뿐
너무 커서 다 안을 수 없는 산, 그보다
그가 우릴 껴안고 있어 바로 바라볼 수 없는 산
두리번대다가 디딘 만년설 바위 가랑이 사이,
제 힘으로 일어서지 못한
동지들 끝내 일으켜 세우지 않던 산
언제, 오르내리는 법을 설파했던가?

두고 올 때마다 바람이 울고, 날리던 눈발
주검들의 비명소리 마구 내 안에 매달릴 때도
무심하던 산, 길이 길을 묻고 사라지는 순간
딴죽 걸고 시침 떼던 검은 구름장들
조문객도 없는 쓸쓸한 죽음, 지켜본 자리 위로
엉겨 붙는 까마귀 떼 울음소리

그런데, 산이 햇살로 내 머리를 쓰다듬고 내려왔다

구름은 비켜섰다, 울고 있던 바람은 눈을 떴다
내 뺨을 비비대며 죽음이란 죽음이 아니고
생전에 태웠던 열정이 다시 일어서는 시간이라며
묻힌 게 아니라 비로소 산이 된 동지들
낭랑한 숨소리 들려, 발길질하던 바위가
덜컹대던 눈길도 훤히 길을 내주며 내 안에 앉아
관상동맥처럼 심장에 대고 포옹하는
산의 깊고 큰 묵언의 품

아, 나도 언젠가 그 큰 품의 산 될 것을

___ 제5부

뜨거운 영성의 파라다이스

집 한 채

병약한 체질과 잦은 결석으로 성적과 체력이 바닥나
체능고사장에선 팔목이 제로에 떨어져
눈물 못 자국을 남긴 채, 계제에
그가 재수로 불러들인 꽃씨는 싹을 틔웠다
철봉대에 매달려도 떨어지지 않는다는 기쁨
팔목이 제 몸을 이기고 철봉대 위로 솟구치는 맛
전의 눈물자국 그 얼룩을 빼내니 약이 되어
그 후 일상의 텃밭이 되었다

씨앗들이 제 몸을 이기고 머리를 들어 올리듯
철봉대를 꽉 쥔 손아귀는 자신을 들어 올려 스무 번
하늘에 더 닿고, 기합으로 다져진 기공은
새벽기도와 내킨 김에 아랫배를 두드리는 등산로,
들숨에 힘을 몰아 멈추며 탄력걷기로
푸른 단전에 터를 닦고 그 위로 세운 기둥들,
벌어진 가슴팍 너비만큼 달라진 세상이 들어왔다
심장이 힘찬 걸음으로 뛰다가 용솟음치듯 하늘을 보며
불순물을 걸러낸 순수가 별빛으로 반짝였다

날숨마다 한 겹 두 겹 땟물 쏟아낸 자리로
콧노래 흥얼대는 음률이 온몸에 흐르고, 그 생기
아랫배로 모여 태양계처럼 우주로 들어찼다
단전에서 뜨거운 자장이 흘러 쇠보다 단단한 기혈,
우주만한 집 한 채를 짓고 살아가는 체내에선
맑은 영혼이 순환되는 자전과 공전을 보았다

새벽마다 붉게 솟는 태양의 힘줄로
울안에서 솟는 돌샘의 맑은 물살로
검던 혈류가 이젠 아주 뽀얗다
폐 속을 뛰던 쉰 울음은 옥구슬 노래로 구르고
눈물범벅이었던 볼 위로 함박꽃이 피어났다

오토바이아버지

그가 마흔에 자식 하나 얻고 보니
열 아들 부럽지 않게 짱짱했다
정말 얼굴은 보름달처럼 화안했다
점점 말귀를 잘 알아듣고 전우좌우를 잘 가렸다
하나, 다섯 살 때 난데없이 맞은 날벼락 근위축증
이 불청객을 떼어 놓으려고 떼어 놓으려고
무던히 도망쳐 보았지만 번번이 붙들리고 너무 세게
잡혀, 지금은 손발이 겨우 매달려
아무 쓸모없는 폐품처럼 달랑거리고 있다
새벽별빛에 문을 나서 말씀을 붙들고 매달리는 부부,
이를 어떻게 봉양해야 할지 여쭤보고 즐거운 낯으로
학굣길에 손발이 되어 오토바이아버지 되었다
아침에 가고 정오쯤 오는 길, 기도로 키우고 있다
열 아들 키우기보다 애절한 땀내로 얼룩진 오토바이,
아들을 안고 일어설 때마다 손목 발목에서 슬슬 더
빠져나가는…, 그러나 온 우주와도 바꿀 수 없는
이 순간 벼랑 끝에서도 뛰는 맥박 뜨겁게 붙들며,
순간순간 남몰래 감사 찬양 스멀스멀 솟아올랐다

나는 아줌마 탑 크레이너

이 길로 넘고 넘어서야 했던 삼십여 고갯길
밤길 걷다 넘어져 피투성이 됐을 때, 일으켜
웃음 먹여준 건 사내들만 찾던 탑 크레인이었지요
눈물로 보채며 걸어온 길 되돌아보면
고맙게도 바로 이게 나인 것을 알았어요

지금 산 넘고 물 건너 천리 길 고향을 떠올리면
두메산골 한없이 쪼그라든 오두막집
벌레처럼 낙엽 몰아치는 빈 항아리들
땡그렁 땡그렁…, 새벽길
산타고 넘나들던 그 이력이,
그제야 제 길로 들어선 것 같았어요

낙엽처럼 뒹굴고 벌레처럼 떠돌다보니
종살이하던 이스라엘 백성이 홍해를 건너
광야를 헤매다가 요단강을 건넌 것처럼
마지막 들어선 이곳이 천국인 걸요
바람 불고 비가 오면 목이 꺾이지만

고향의 새벽 종소리와 마음속 외마디,
걸음아 날 살려라 부르짖던 찬양도
생각할수록 뭉클거려요

날마다 새벽길에 무릎 꿇고 고층 높이 올라,
쌓아올린 높이를 두 팔 가득 안고 고마워
하늘에 대고 문안 올리지요
금수강산 밝히는 먼동에 눈부셔 울리는 찬가,
남산을 지나 한강을 굽어보면, 태극 깃발 휘날리며
무궁화 삼천리 숨비소리 퍼져나가지요

나를 듯 허공에 떠서 평안을 비는 두 손과
콧노래 찬양으로 새벽도심 깨우기 이십여 년,
아름다워요 그림처럼 펼쳐지는 건물과 가로수들
둘러싼 강산이, 결국 에덴동산인 걸요
사계절 붙들고 동서남북이 내준 길로
내 속에 숨어있던 풍경들이, 드디어 인화되어
달려가는 만큼 모두에게 나누며 살고 싶어요

밀쳐진 그 난간

직장에서 비리로 쫓기듯 나온 그는
두드린 문마다 손사래로
아무리 길을 내보아도 끊겨, 와락
낭떠러지로 굴렀다
아내와 아이들마저 황량한 사막에 몰리니,
어디…, 물 한 모금 가슴 트일까
전갈에 물려 앓아눕고
허공을 내지르며 손가락질을 토했다
운명 같은 걸 깨물며 발버둥을 쳤다

마지막, 황혼에 으스름 깊기를 기다려
겨울 한강 어느 한 난간에 점을 찍고 비틀거렸다
그런데 그때, 삼삼오오 어깨 걷기 물결들
어디론가 희희대며 속삭이는 낯빛들의 황홀함,
세상 어느 것 하나 줄 수 없던 평온함이
번개처럼 꽂혀, 기이하게 밀쳐진 난간

어느덧, 파고를 넘어 들어서자

생전 처음인 휘황한 불빛 가운데로
강단과 가득 찬 성도들, 쏟아지는 아멘!
상한 갈대며 꺼져가는 심지인 바로 그는
우레 같은 말씀에 전율하며
지난 허물들이 추악하게 파도쳐, 그 메아리
발가숭이 눈물범벅으로 밤을 새우고,
새벽 도가니에 푹푹 삶아져 정금같이 나왔다

그 뒤 말씀이 목말라 온몸을 달구쳤으나
섣불리 달라붙지 않고 꾹꾹 누른 일 년
더는 견딜 수 없어 폈는데, 아하! 이런,
'빛' 보다 먼저인 창세의 '물', 그렇구나! 그렇다면…
그런 물에 빠져 결국, 그의 정수기가 태어났고
새벽무릎에 수출항도 열려 세계로 뻗었다

자주 전하는 진력, 하늘이 밀쳐낸 그 난간을
붙들고 범벅인, 그날이 오면 그 외침은
하늘도 뚫을 듯 더욱 뜨겁다

피아노할머니

어릴 적 교회 반주자가 부러워
마음속 두 손 모아 안달복달,
그렇게 배우고 싶었던 피아노였건만
아예 곁눈질도 막아 곁길로 내달을 수밖에…
공순이에서 옷 수선일로 보낸 세월을 굽어보며
쳐내듯 지금 그 꿈을 기둣줄로 키운 유치원 손녀와
나눌 수 있어 가슴 부풉니다

비록 손이 굽고 머릿속도 얼얼하지만, 틈만 나면
손녀가 짚어주는 찬송가 곡조와 음계에 맞춰
쾅쾅거리는 음반과 콩닥거리는 심장이 절묘해서
금시 저녁노을로 햇살이 번쩍 저문답니다
더듬거리는 손가락에 힘을 더하기란 버거운데
지쳐 투덜대기보다 느긋이 견뎌내는 할머니를
손녀는 꼭 껴안아주며 오히려 대견해합니다
이 귀엽고 앙증스런 게…
눈시울을 글썽이는 할머니, 지금 서로 온기가 되어
겨울 난로처럼 활활 타고 있답니다

하늘만나 무지개

잇단 기근에 악어처럼 덮쳐오는 일제,
쌓여가는 빚무덤 굴레에
달착지근한 귀엣말, 푸른 꿈
22일 만에 밝아온 동녘 하늘, 눈에 밟힌
넓고 삭막한 와이알루아 농장,
하와이 1세대 한인 이주민들의
주검에 맞선 채찍질 노동은,
고향에서 먹고 자란 하늘양식 밑천이
그래도 밤하늘별처럼 뱃심에 깔려
험한 골짝에서도 절벽을 넘고, 때로는
모래알이 진흙 펄에 굴러도 조개 속 진주로,
두 손 끓은 무릎마디 굵어지고
세찬 파도에 떠밀려도, 다시
통증을 녹이시는 약손에 견뎌낸 하루하루

떠날 때 부두에서 손 흔들던 무지개
하와이 섬에서는 신기롭게도

매일, 일곱 색 무지개 햇살이

하늘만나로 찬란히 피어올라

노아와 선지자 에스겔에게 보여주신 아버지 마음

짙은 향수에, 고국의 하늘처럼 피어올라

그 음성에 더욱 기울이며 두근두근 안겨,

입을 쩍쩍 벌려 부르는

파인애플 야자수 사탕수수들의 찬양과

넘실넘실 춤추는 풍경에 빠져

새 힘 눈물겹게 솟았지요

그 무지개로 사진을 띄워 질끈 동여맨 신랑신부,

만나를 받아먹듯 한인마을을 이루어낸 것이지요

뿐만 아니라, 첫 이민선에 합류한 목사와

에바 농장에 세운 교회에서 드린

눈시울이 소낙비처럼 벅찼던 첫 주일예배,

요한이 보았던 보좌의 무지개를 품고

그 큰 울림 깊이 새겨,

푸른 멍에 채찍이 오히려 북극성처럼

길을 밝힌 1세대이지요

무릎 꿇은 나무

밤낮없이 미친 듯 몰아치는 칼바람광풍, 때때로
강추위눈사태 주검을 넘어온 흔적들이 서릿발로 스며
처음엔 사지死地의 종신귀양처럼
곤두선 칼날을 품고 부들부들 떨었다

지나고 보니 거우 잎 몇 가락
그제야 붙들고
죽어야 산다는 걸 움켜쥐었다
오직 열린 하나, 창공을 향해 가슴 치며
온몸 무릎 꿇고 소리치지 않으면,
그저 두 손 높이 흔들며
뜨끈뜨끈한 시편을 골 깊이 뿌리지 않으면,
무릎키마저 죽을 것 같아
조상대대로 서원을 품고 몸부림쳤다

숨쉬기도 거북한 로키산맥 3천 미터 험지엔,
총검술 육박전 뼈저린 전투고지의
최전선,

이건, 기적처럼 제 힘만은 아니다
목젖울대로 하늘음성을, 오직
가슴으로 받아 한껏 찬양할 수밖에…

바이올린 명장은 어떻게 알고
페트루스 과르네리와 같은 명기를
얻어 냈을까?
이렇게 무릎 꿇은 나무들의 절규와,
명장들의 부르짖음이 하늘을 절묘하게 공글러
결국, 이루어낸 그 명장에 그 명기 아닐까?

이로써, 마지막 부르짖음은
일평생 울며 깎고 닦아낸 가슴속 울림통을
힘껏 품고 서로 녹여 다시 태어나기를
하늘아버지 마음마저 울려줄 반려자로,
그 사랑,
만인의 심장도 꿰뚫고 뒤흔들 연주자여!

둘이 기댄 등

난생처음이라 서먹서먹한 치유집회
내가 누군가에게로 다가가 기댈 수 있고
그도 내게 와 기댄다는 건, 서로가 낯섦과
허물을 눈감아 품지 않고서야…

어둡고 눅눅한 등을 맞대고 겹쳐 앉은 두 늙은 이
포개진 등 사이로 서서히 흐르는 심장의 핏줄,
감은 눈 온몸으로 마셔보는 뜨거운 찬양의 온기
겨울 날씨에 담벼락 햇볕 같다
점차 합심기도가 봄 햇살로 바뀌어
어둡고 축축한 것들이 슬슬 달아난다
벽에 서린 곰팡내도 밝아져 얼룩 주름 펴진다
얼었던 마음 풀려 시냇물 졸졸 흐르니
곧, 개나리 진달래도 꽃망울 터뜨릴 것 같다

실로 몇 년 만인가? 실로, 실로…
결혼 첫날밤만큼 아득한 길 돌아 둘의 이 체온,
아하, 그 위로 불같은 말씀, 지금 이 벅찬 눈물!

수화예배

누군가가 정을 묻혀 손에서 자꾸자꾸 말씀을 펴냅니다
어쩌면 뜀박질 같아 자칫 놓치고 마니까
순간순간 눈썹을 곧추세워 골몰합니다
손을 말아 올리거나 포개거나 튀는 것들은
밤하늘 별처럼 반짝입니다
닳고 닳은 입술의 말보다 흐뭇한 것은
고맙고 힘이 솟구치기 때문입니다
퐁퐁 솟는 옹달샘 같아 답답한 체증도
시원스레 뚫립니다

금세 사라지고 마는 손놀림엔 무슨 비밀
병기兵器가 들어 있나요
하늘 문 열리는 수화예배는 볼수록 울리는
하늘아버지 음성이 빼곡히 반짝입니다
가슴에 박혀 떠날 줄 모르는 그 음성에 둥지를 틀고
노아의 방주처럼 감람나무 새 잎사귀 물고 돌아올
예쁜 비둘기를 품고 기를 거예요

다시 동글게 돌렸다가 십자를 긋고
가슴에 손바닥을 댄 뒤, 양 손 못 자국과
왼손바닥 위로 엄지를 세워 올리는 활자들은
뭉클거리는 것들로 벅차올라
외진 절벽에 발끝을 몰고 선 이에게
다가가 전하고 싶은 간절한 마음입니다

손과 손가락의 춤사위는 사라져도 그 말씀은 남습니다
말씀이 꽃처럼 피어나고 새소리 풀벌레소리도 들립니다
눈으로 먹고도 남을 말씀의 꿀
때로는 놓치고 쫓기듯 쫓아가지만 시냇물 졸졸 흐르고
낮은 언덕 과수원길 에덴동산 같아
눈으로 듣는 말씀소리 저 하늘나라 수화는 끝났어도
그 큰 울림 십자가 고마워 소리칩니다

할렐루야! 할렐루야! 내 안의 메아리로
하늘 끝까지 소리치며 늘 예배의 삶 살아내렵니다

흰옷 세탁소

그녀가 몸담았던 방직공장이 폐업으로 갈 때,
기도원에서 금식에 매달려 지쳐갈 무렵
홀연히 나타난 십자가
뚝뚝 붉은 핏물줄기
시궁창 같던 옷이, 금세 흰빛 찬란히 눈부셔
심장이 멈출 듯 뛰고 펄펄 끓는 가슴 불붙어,
창세부터 요한계시까지 밑줄로 살폈습니다
'세탁자의 밭'과 '윗못 수도 곁'에와, 또
'표백하는 자의 잿물과 같을 것'을 지나
'네 의복을 항상 희게 하며…'에 굵은 선을 긋고
쭉쭉 내려와 변화 산에 맞닿자,
펑펑 터진 눈시울 벅차 다시 훔쳤습니다
그리고 밧모 섬에 이르러, 하늘나라의
흰 보좌와 흰옷, 세마포, 흰 돌들이
너무나 생생하게 울려, 그 길로
버리지 못한 우상과 흙탕물을 걸러내고
더욱 깨끗한 세마포로 갈아입었습니다

입구 쪽 차양 막 천정에 십자가처럼 달아 논
그때 그 감격 펄럭이는 하얀 세마포 치마적삼,
허름한 시장입구 옆 골목에 차린 흰옷 세탁소
동네사랑방 같고 무료 카페며 목장다락방

지금은 권사, 유치부며 목장목자로
성경구연동화에도 밝고, 숨결에 밴 찬양으로
날마다 젖과 꿀이 흐르도록 갈고 씨 뿌려
새벽별로 걸으며 두 손 무릎으로 여는 하루,
주변을 쓸며, 세탁물을 받을 때마다
무릎으로 가슴에 품고 하늘에 올려
그들의 때 자국 피고름 얼룩을 손질한답니다

연말이면 전도 왕이 되지만, 하늘 우러러
누구에게나 머리를 조아리며
한 달에 한 번 중증환자의 손발이 되는, 애오라지
봄바람햇살같이 살갑고 미쁜 우리 권사님!

결국, 그 영성의 향기는…

두렵고 떨리는 외로운 길이여,
언젠가는… 했지만 이렇게 올 줄이야!
새벽종소리 귀 맑게 받아먹고,
새벽마다 타오르던 찬송가와 기돗불소리
올지게 영글어 그 향마저 가득한
할아버지가 녹여낸 또 하나의 피땀자국
대가뭄과 사라와 같은 태풍도 견딘
이들 향나무와 이어온 인연이,
날벼락 같은 공영개발로 바닥날 줄이야!

문안인사로 시작했건만 허탈한 하루해
외로움까지 덮쳐 쓰러질 듯 축 늘어진 채
검게 타오른 체념의 톱날로 다잡이할 땐
하뿔싸! 넋두리처럼 한바탕 떨린 심장,
단단한 나이테를 켜니 남다른 향나무 향에
진하고 환한 영성이 잘 배어들고
철 따라 찾아든 계절의 풍광들과 주변의 매화 향,
새소리 소낙비 우레와 안개며 햇살이 달빛과 별빛에

솔바람 댓잎소리도 된서리 눈발에
서로 다독이고 곱게 다져가며
켜켜이 엉겨 붙고 옹골지게 우려져
환호성과 함께 우르르 쏟아져 나왔다

간절히 우러러 빛을 바라본 것은
아픔 끝에 이주한 조그만 새 교회당,
하늘 아버지도 기뻐할 것을…
찬란한 광채에 발걸음 환히 멈추고
향품을 바쳤던 동방박사들과, 어느 순간
순전한 나드향유 부어 올린 여인처럼
온 심령 바친 강대상과 성찬상,
그 향기 감싸 안고 제단 앞에 꿇은 두 무릎
엉엉 솟구치는 눈시울을 훔치는데, 한순간
눈물주머니 속에 타오른 그 향기
제단금향로에 담기는 걸 보고,
나를 듯 섬광 흐무지게 하늘을 저었다

보이지 않는 그 손

당신의 따뜻한 손길이 일기 전에 뜨거워진 가슴,
그 전에 간절히 헤매며 들끓은 목마름
감겼던 눈 열려 그 손 잡았을 거여요

저 능금나무 가슴에 몰래 넣어둔
검은 씨앗에 불붙인 심장, 그 손이 꽃피워
찬란한 열매를 기약한 것이듯

애틋한 사랑은, 먼눈이 열려져
마음속 깊이 숨겨진 그 손에 이끌리는 것
그래, 아름다운 나눔과 기쁨이 일렁이고
붉은 열매 주렁주렁 열리는 것

밤새 연탄불에 훈훈해져 겨울 햇살 한 줌 쥐고
골목길로 나선 꼬부랑 할멈,
연탄불 날라주고 방글라데시도 모자라, 에볼라
잡으러 떠난다는 그 백의천사, 행여나
하여, 비행하는 저 하늘 휘휘 저어대네요

■

해설

춤의 언어와 언어의 춤

김완하

1.

　박무성 시인은 대전과 충남지역에서 수십 년간의 교직생활을 마치고, 이제 지나온 생에 대하여 조용히 시적 관심을 펼쳐 보여주고 있다. 그는 2010년에 첫 시집으로 『꽃바구니 자전거』를 펴냈다. 첫 시집의 서두 '시인의 말'에서 시인은 그의 시 쓰기를 인생에 대하여, 우리의 존재에 대하여 그리고 어떻게 살아가야할 것인가에 대한 "나름의 내 물음과 답에 대한 노래"라고 밝힌 바 있다. 이어서 시인은 "지금까지 살아온 생을 한 번쯤 정리할 필요를 강하게 도전받고, 내면에 계신 주님이 주시는 소명의식으로 뭉친 기도 가운데 이 시집이 세상에 얼굴을 비출 수 있게 되었다"고 밝히고 있다.

그러므로 박무성의 첫 시집 세계는 일상의 다양한 체험을 통해 우리 생의 전반에 대한 관심과 이해를 펼쳐 보여주고 있다. 그리고 그러한 그의 시 기저에는 기독교 의식이 깔려 있다고 할 수 있겠다. 그런 점에서 그의 시는 우리 삶의 인식과 자기 성찰이라는 보편적 주제에 무게를 두고 있다. 그리고 이러한 시세계는 제2시집으로도 이어지고 있다고 이해할 수도 있을 것이다.

박 시인은 첫 시집을 낸 후 9년이 지나는 시점에서 두 번째 시집을 내는 것이다. 그가 첫 시집을 내는 소회를 밝히는 자리에서 "칠십에 첫 시집을 냈으니 팔십이 될 때까지는 세 권의 시집이 될 겁니다"라고 말했던 사실을 떠올리면, 이제 두 번째 시집을 내고 있으니 그동안 그의 시 쓰기가 그리 순탄치만은 않았던 듯하다. 그러나 어찌 그것이 박무성 시인만의 문제일까. 그만큼 우리의 삶은 늘 벅차고 고달프기 마련인 것이다.

이번에 펴내는 박무성의 제2시집에서 우리가 가장 먼저 발견할 수 있는 것은 그의 춤에 대한 관심과 표현이라 할 수 있다. 그는 이번 시집 1부의 제목을 '춤'이라 붙이고, 춤과 관련된 시를 무려 22편이나 수록하고 있다. 그만큼 그의 관심은 춤에 대해 집중적으로 표출되어 있는 것이다.

시인은 제2시집 '시인의 말'에서 "재료는 '언어의 춤'으로 하되, / 기둥은 춤사위로 세웠고요"라고도 밝히고 있다. '언어의 춤'과 '춤사위'라는 지적처럼 그의 시는 춤의 언어와 언어의 춤으로 파악할 수 있다. 시인은 직접적으로 「춤의 힘」이라는 글에서 다음과 같이 춤에 대한 사유를 드러낸다.

혈류를 타고 도는 음률, 음률에 맞춰 추어대는 율동, / 그 율동의 직선과 곡선, 소실점과 포물선들의 춤사위 / 강렬한 듯 부드럽고 아름다운 불꽃몸짓들 / 서서히 봄바람 훈풍처럼 언 흙 녹이는, / 안에서 잠근 빗장도 녹여내는 용광의 힘이여, // 필리핀 세부 도시 멀리 감춰진 숲속 철조망 안에 / 갇힌 교도소, 달마다 관광객 불러 춤추는 죄수들 / 밥 먹듯 지은 죄, 총질과 / 성기 휘두른 걸 나무라면, / 박박 대들며 짜증만 물고 돌아눕던 이들이었건만, / 날개를 달아준 춤사위로 서서히 녹아내린 뜨거운 눈물 / 얼싸안고 진흙탕 얼룩 때 서로서로 / 닦아 주니, 진주보석으로 빛나는 걸요 // 주먹질 먹구름 떼처럼 모여든 워싱턴 DC의 / K 스트리트 / 벼락과 천둥친다고 불려나온 여경은, / 다시 벼르며 어슬렁대는 10대들을 눈여겨보고 / 호통의 포문을 열어도 호락호락 녹이지 못해 / 곤혹의 망설임 폭풍전야, 그때 느닷없는 몸짓 / 음악이 흐르고 '네 네(nae nae) 댄스'로 실룩대는 / 엉덩이 춤결, 여경은 껄껄 웃음을 날리며 내기 숙제인 양 / 줄곧 개다리 춤사위에 빠져드니 / 불끈 주먹 쥔 먹구름 떼들, 뭉클하도록 훈훈한 입김을 / 먹고, 모조리 까부수지 않고도 녹아내려 사라진 걸요

위의 춤에 대하여 한 편의 시적 구성으로 표현한 내용을

살피면 춤에 대한 종합적 사유가 드러나 있다. 춤의 기능과 효용이라 할까, 어떤 것으로도 통제가 되지 않는 사람들에게 춤을 추도록 했더니 모든 것이 "안에서 잠근 빗장도 녹여내는 용광의 힘"으로 "녹아내려 사라"졌다는 사실을 지적하고 있다. 춤의 치유기능과 효과를 지적하고 있는 것이다.

춤은 장단에 맞추거나 흥에 겨워 팔다리와 몸을 율동적으로 움직여 뛰노는 동작이라 설명할 수 있다. 춤은 풀이로서의 기능도 있고 축제에서 가장 극렬한 동작을 연출함으로써 내면의 기쁨을 밖으로 드러내는 언어로서의 기능도 하고 있다. 또한 그 이면에 춤은 슬픔의 절제된 표정으로서의 역할도 할 수 있다. 인간에게 가장 성스러우면서도 멋스러움을 표현하는 예술적 장르로서의 춤. 그런데 그것이 절제된 언어와 만나는 지점이 바로 시일 것이다. 무엇보다 시는 심신의 치유로서의 힘을 가지고 그 역할을 할 수 있는 것이다. 그러므로 박무성의 시집은 언어의 가장 본질적인 아름다움을 표출하는 형식으로서 춤의 언어와 언어의 춤이 결합된 표현인 것이다.

우리는 원시 종합예술의 형식을 발라드댄스(Ballade Dance)로 이해하기도 한다. 그것은 문학이 춤이라는 형식과 자연스레 겹치는 부분이다. 문학의 기원에 관한 학설 가운데 발라드댄스설은 문학은 음악, 무용, 문학이 미분화된 원시 종합 예술에서 분화 발생하였다는 설이다. 그러므로 발라드 댄스는 고대에 무용, 음악, 노래가 분화되지 않은 형태로 향유되던 일종의 제의를 가리킨다. 그리고 보면 박무성 시인의 시는 가장 원형적인 시 형식과 시의 정신과도 통한다고 볼 수 있다.

2.

박무성 시인은 이번 시집에서 춤에 대한 관심을 시집의 가장 앞부분에 내세우고 있다. 그만큼 그는 춤에 대한 메시지를 최우선으로 삼고 있는 것이다. 제1부 '춤'이 그것인데 그 첫 번째 시로 수록된 것이 「햇살춤」이다. 그러므로 이 시를 잘 살피면 그의 춤에 대한 이해로 들어가는 문턱을 넘을 수 있을 것이다. 그런 점에서 이 시에는 춤의 원형적인 사유가 드러나 있다고 말할 수 있다.

춤의 아버지의 아버지 햇살춤이,
우주하늘 어둠의 입자들을 몰아내며 달려와 추는 춤사위

빛살춤의 향연, 신기로운 날개로 입자들의 춤물결,
그 춤결마다 돋아난 생명들이 덩달아

바삐 빈속을 채워가는 일곱 색깔 무늬춤은

춤의 알갱이, 그 파동들이 나를 덥석 안고 춤추자 하네

초록 빛춤 알갱이들은 보리밭길 잔디밭으로 날 부르고
노란춤 입자물결들은 유채꽃밭으로 유혹하네
빨강춤살 알갱이들과 고추 먹고 맴맴 도니,
주황빛살 봉선화 꽃춤물 아가씨들 가슴속 춤발 잘 돌아
내 안에도 파란하늘 쪽빛바다 열리고,
한라에서 백두까지 무궁화 보랏빛 춤물살 반도삼천리
으-싸, 으-싸… 소리치며,

햇살춤 물결마다 미다스의 손보다 더한 기적 일렁이네

－「햇살춤」 전문

　위 시에서 시인은 춤에 대한 흥미로운 해석을 보여주었
다. 시 제목이 '햇살춤'이거니와 햇살이 춤의 시초였다는
것이다. 첫 행의 "춤의 아버지의 아버지 햇살춤"에서 춤의
시조(始祖)가 '햇살'이라는 생각을 밝히고 있다. 이어서
햇살은 "우주하늘 어둠의 입자들을 몰아내며 달려와 추는
춤사위"라 했다. 햇살이 우주하늘의 어둠을 빛으로 채우면
서 새로운 세상으로 열어갔다는 것이다. 그것을 "빛살춤
의 향연"이며 "그 춤결마다 돋아난 생명들이", "춤의 알갱
이, 그 파동들이 나를 덥석 안고 춤추자 하네"라고 표현하
였다.
　이 시에서 햇살은 공간을 확산시켜 가면서 시간을 점유

하고 나아가 "햇살춤 물결마다 미다스의 손보다 더한 기적 일렁이네" 라며 시를 마무리하고 있다. 햇살이야말로 기적을 일으키는 손길이라는 것이다. 햇살이 초록을 만들고 그 초록 빛춤은 보리밭길, 잔디밭, 유채꽃밭으로 달려가 "한라에서 백두까지" 춤물살을 일구어내며 완전히 새로운 봄을 연출한다는 것이다.

시인의 춤에 대한 이상의 내용은 어찌 보면 그 사유가 성서의 창세기를 떠올리는 것처럼 보이기도 한다. 먼저 성서의 창세기 1장의 1절~5절을 살펴보도록 하자.

태초에 하나님이 천지를 창조하시니라 땅이 혼돈하고 공허하며 흑암이 깊음 위에 있고 하나님의 신은 수면에 운행하시니라 하나님이 가라사대 빛이 있으라 하시매 빛이 있었고 그 빛이 하나님의 보시기에 좋았더라 하나님이 빛과 어둠을 나누사 빛을 낮이라 칭하시고 어두움을 밤이라 칭하시니라 저녁이 되며 아침이 되니 이는 첫째 날이니라

이상은 창조의 시작과 첫째 날 빛의 창조를 표현하고 있다. 3절의 "빛이 있으라 하시매 빛이 있었고"를 떠올려 본다면 천지를 창조하고 맨 먼저 만든 게 빛이었다. 혼돈과 공허, 흑암을 딛고 그 어둠 위로 가장 먼저 빛이 비치면서 대지는 얼굴을 드러내고 사물들은 표정을 보이는데 아마 그 자체는 장엄한 하나의 춤이 되었을 것이다. 박무성 시인

의 「햇살춤」도 이와 같은 맥락으로 다가온다. 그것은 춤에 대한 원형적인 모습이라고 말할 수 있는 것이다.

걷는 듯 나는 듯 저 걸음, 춤인 걸 보았다
보아라, 끌며 펼쳐 밤무대를 휘감는 저 긴 드레스
학인 양 날갯짓 내딛는 걸음은 경쾌한 율동
앞뒤로 내뻗는 팔과 다리 나란히 속삭이고
온몸은 직선과 곡선이 물결쳐 환호한다

현란한 서정의 힘줄은 강렬하나 부드럽고
잔잔한 파동 저 춤결,
나를 듯 밤하늘별을 향해
우주를 손짓하며 온몸 솟구쳐 타오르나니,
꽃구름비단 위로 춤추듯 사뿐사뿐…,

마디마디에 흐르는 선율, 흠뻑 젖은 푸른 가슴
어깨선으로 차올라, 사로잡은 시선에 갈증을 푸는
인류가 하늘에 찍는 거룩한 춤사위, 저 속살물결
이제야, 난, 새롭게 눈을 떴다

이에 더하려면, 아예 봉산탈춤에 울력걸음을 보시구려

– 「걸음춤」 전문

이 시에는 춤의 구체적인 동작인 행위로서의 예술적 성격이 역동적으로 형상화되어 있다. 춤의 형식적이고 내용적인 면들이 다양한 모습으로 드러나고 있다. 그래서 그 모습은 대단히 부드럽고 섬세하기도 하지만, 점점 심화되어 3연에 이르면 격정적으로 차올라 절정을 이루면서 대단히 육감적으로 다가오기도 한다. 이 시는 4연으로 구성되어 3연의 절정에 이어 4연의 결에 이르면 새로운 국면으로 제시된다.

결국 이 시는 춤의 형식 미학적 성격을 규명하고 그것을 현실에서 찾고자 하는 것이다. 이 시 마지막의 연에서 "이에 더하려면, 아예 봉산탈춤에 울력걸음을 보시구려"가 그것이다. '봉산탈춤 울력걸음'에 스미어 있는 춤의 정신은 춤의 원형적 특성을 반영하고 있는 것이다. 시인은 봉상탈춤에서 춤의 살아있는 현대적 모습을 파악하려고 하는 것이다. 그리고 그것을 최신 춤의 형식 속에서도 발견하고 있는 것이다. 그것이 바로 '싸이의 말춤'에 대한 해석일 것이다.

> 칭기즈 칸의 말춤이 목숨을 겨냥한 화살로
> 대륙을 흔들고, 사르타이는 한반도로 날아들었으나
>
> 지금 싸이의 말춤은, 그 무시무시한 것들을 다 떼고
> 몽글몽글 다듬어서 뛰며
> 팔다리 온몸 코리아를 흔들더니
> 지구촌 축제의 즐겨찾기 메뉴로 흥겨워

펄펄 끓는 우스갯짓 춤 도가니!

유머로 가볍게 엮고 손목에 얹어 잡은 허공의 고삐,
엉덩이를 흔들며 한 걸음 한 걸음 뚜벅뚜벅 뛰다가
모둠발로 머리 어깨 하늘 들썩 들썩…
멀리 무중력을 타고 놀란 북두칠성이 얼굴을 내밀며
낄낄대고, 낮달과 해님도 벙실벙실…
지구는 말들의 춤사위로 마구 출렁대지만
지금 이 말춤은, 칭기즈 칸으로 놀란 가슴을 쓸어안고
더 높이 더 멀리 황색울렁증까지 쏟아
말갈기로 씻는 씻김굿춤사위!

- 「싸이의 말춤」 전문

연전에 '싸이의 말춤'이 세계를 흔들었던 적이 있었다. 그것은 유튜브 동영상으로 몇 억의 조회 횟수를 기록하면서 전 세계인들을 춤추게 하였다. 그리고 아닌 게 아니라, 전 세계인들은 그 춤 안에서 하나로 뭉치며 이념도 국경도 사상도 초월하여 환호하는 모습을 보여주었다.

2연의 "지금 싸이의 말춤은, 그 무시무시한 것들을 다 떼고 / 몽글몽글 다듬어서 뛰며 / 팔다리 온몸 코리아를 흔들더니 / 지구촌 축제의 즐겨찾기 메뉴로 흥거워 / 펄펄 끓는 우스갯짓 춤 도가니!"에서 총체적으로 발휘가 된 춤의 정신을 보여주고 있다. 춤이야말로 인류의 시원적 동작으로서 세계를 하나로 엮을 수 있는 것이다. 그것이 춤의 힘이고 살아있는 춤의 정신일 것이다. 그 연장선상에서 최근 세계에 K-pop의 역량을 폭발적으로 뿜어내고 있는 방탄소년단도 있는 것이다.

이렇게 박무성의 시는 춤에 대한 사유와 그 기본정신을 바탕으로 전개되어 가면서 일상의 주변으로도 확산되어 가고 있다. 그러한 것은 2시집의 곳곳에 다양한 시적 표정으로 나타나고 있다.

> 겨우내 버려진 고요를 적시는 봄비
> 그래서 바라는 건 무얼까
> 봄비의 마음에 들어가 바람숨결 따라
> 그들과 함께 마을길을 걷는다
>
> 어느 처마 밑을 지날 때
> 지붕 위 가랑잎을 밟아 자그락대는 소리
> 양철을 똑똑 두드리는 소리
> 미처 우산을 잊은 이들이
> 눈을 축축하게 깜박이는 소리와,
> 아직 끄지 못한 연통에서 숨어 나오는
> 고단한 연탄가스 냄새까지 들린다
>
> 예쁜 꽃신을 신으려 맨발로 내리는 봄비
> 담장너머 목련꽃 새순들이 빗물에 물씬거리는
> 물감 냄새를 맡고 볼록볼록 내민 가슴,
> 누가 먼저랄까 열린 무대로 '저요', '저요'…

두 손을 번쩍 들며 야단을 들썩이었다

- 「봄비 속을 걷다」 전문

이 시에서는 자연의 춤으로서의 절정을 보여주는 봄비 속의 풍경을 펼쳐 놓았다. 여기에 동화되어 시인도 봄비 속을 걷고 있다. 이 시의 흥미로움은 봄비가 '봄비춤'으로 몸짓을 바꾸는 것이다. 그리고 그것은 앞서 보았듯이 '미다스의 손'으로 작용하여 이 세상을 온통 춤의 장으로 바꾸어 놓고 모든 초목들을 춤꽃으로 불러일으키는 것이다. 이 세상이 춤으로 온통 변하여 그 절묘한 몸짓들로 조화의 극치를 보여주는 때가 바로 봄인 것이다. 그리고 그 힘은 바로 봄비로부터 오는 것이다.

3.

이제 이 시집의 제목과 제목이 된 시 「부부 회화나무」로 돌아가 생각해보도록 하자.

남사예담촌 한옥마을에는 골목담장 밖에서 외롭게 자라
손을 잡고 기도하며 도란도란 별바라기로 숱한 세월
어느 날 새벽아침, 해님의 주례로 혼례를 치르고
마냥 눌러 앉은 부부 회화나무가 있다

서로 마주한 발치에서 껴안은 듯 가슴을 안고
언제나 깍듯한 인사로 굽어 있다
아내는 더 낮게 다소곳해, 둘은 한 곳 하늘을 우러러
새벽마다 새 이슬 정화수로 몸을 씻고
말씨와 얼굴까지 닮아 이곳 사람들은 옷깃을 여민다
번개와 천둥 비바람 폭설, 비켜설 수 없는 더위와
한파를 견디며, 언제나 서로 섬김이 정겹다 관광객들
어느 부부는 이들의 눈길 밖으로 달아나고,
눈길 안으로 몸부림치는 부부도 있다

세 겹 놋줄보다 썩은 새끼로 연緣을 엮는 이들이여!
이 시간도 꾹꾹 눌러 쓴 편지를 읽고 있는데,
들리는가? 한곳으로 흐르는 저 청아한 목청을….

                  -「부부 회화나무」전문

    자료에 의하면, 회화나무는 콩과에 속하는 낙엽활엽수종
으로 나무 높이 30m, 직경은 2m까지 크게 자랄 수 있는 은
행나무, 느티나무, 팽나무, 왕버들과 우리나라 5대 거목 중
하나다. 무더위가 한창 기승을 부릴 때인 8월 초에 황백색
꽃이 나무 전체를 뒤덮어 꽃대가 휘어질 정도로 핀다. 특히
빨리 자라면서도 수형이 아름답고 깨끗한 품격을 지니고
있다. 사람이 다듬어주지 않아도 스스로 아름다운 모습을
갖추어 조경수나 가로수로도 적격이다.
    회화나무는 예로부터 그 나무가 가지는 의미로 귀하게

취급되었으며, 집에 행복을 가져온다는 믿음으로 집안에 즐겨 심는 민속나무였다. 그것은 사람들이 회화나무가 잡귀를 물리치는 것으로도 믿어왔기 때문이다. 그래서 조선시대는 궁궐의 마당과 출입구에도 많이 심었다. 우리나라 산지에 자라며 나무가 가지는 특수한 물질도 매우 중요하며 목재는 가구재로 이용된다.

회화나무에 대하여 좀 장황하게 설명한 것은 이 시집 제목 '부부 회화나무'를 강조하기 위해서였다. 다시 말하면 회화나무란 사람들 가까이에서 복을 주면서 친근감과 함께 오래 살아가는 나무이다. 그런데 시인은 그 나무에 '부부'를 붙인 것이다. 가장 아름다운 부부의 모습으로서의 극치, 바로 그것이 부부 회화나무이기 때문이다.

그러하거늘, 첫 연에 보이고 있듯이 "남사예담촌 한옥마을에는 골목담장 밖에서 외롭게 자라 / 손을 잡고 기도하며 도란도란 별바라기로 숱한 세월 / 어느 날 새벽아침, 해님의 주례로 혼례를 치르고 / 마냥 눌러 앉은 부부 회화나무가 있다"에 이르면 시인은 이 시집의 주제 모든 것을 다 보여주고 있는 것이다. 일생에 가장 행복한 것은 부부간의 백년해로라 할까. 이렇듯이 함께 이뤄온 세월의 흐름이 가장 빛나는 모습으로 매듭지어진 부부 회화나무. 그것은 바로 행복한 일생 그 모습의 상징인 것이다.

어찌 보면 우리의 춤 가운데서도 부부가 백년을 해로하

고 함께 서 있는 회화나무처럼 아름다운 것은 없을 것이다. 또한 그것처럼 아름다운 춤이 어디에 있을 것인가. 그러고 보면 이 시집에서 시인은 춤의 정점으로서 회화나무를 꼽고 있는 것이다. 그것도 부부가 함께 백년해로한 부부 회화나무! 그것은 바로 박무성 시인이 지금까지 살아 온 삶이고 현재의 모습인 것이다. 그 모습으로서의 제2시집 발간을 진심으로 축하드리며 박수를 보낸다.

김완하 | 시인, 한남대 교수

에필로그(epilogue)

이번 시는 총 80편으로 22편이 춤의 언어와 언어의 춤으로 구성되어 춤의 분야에 진념한 것을 볼 수 있는데, 그중 별미는 「용접불꽃 춤사위」임을 알 수 있습니다. 여기에 관해서는 기독교인과 비기독교인, 기독교인 중에서도 겉 사람만 교인인 크리스천과 속사람이 성령체험으로 뜨겁게 변해, 성령에 사로잡인 크리스천과의 차이에서 그 울림이 다를 것이다.

비 크리스천이라면 생소하여 이해의 문이 열리지 않은 채 거부감을 느낄 수 있으리라고 봅니다. 그리하여 이해를 돕기 위해 인터넷 〈네이버〉에 '성령의 춤'을 쳤는데. 특히 동영상에 "성령 춤, 함께 출까요?"라는 것이 8분 11초짜리로 있어, 실제 예배 중에 전교인이 일어나서 기쁨으로 경건한 춤을 추는 모습이 나왔다.

다른 자료도 종합해 보면 기독교에서는 3위1체, 성부.성자.성령을 중심으로 신앙관이 정립됐고, 성자 예수승천 후로 성령을 보내주시겠다는 그 분의 약속 따라 성령의 역사가 일어나, 마가의 다락방에서 모여 기도할 때, "홀연히 하늘로부터 급하고 강한 바람 같은 소리가 있어 그들의 앉은 온 집에 가득하며 마치 '불의 혀' 처럼 갈라지는 것들이 그들에게 보여 하나씩 임하여 있더니(사도행전 2장 2.3절)…" 이로써 신약(성령)시대의 교회가 시작된 것을 알 수 있습니다. 이것을 이해해야 "성령 춤이란, 성령께서 그의 자녀들에게 하나님 앞에서 춤추도록 이끄시는 것을 말합니다."의 진의를 알 수 있을 것이다.

이러한 것은 믿음(체험)과 연결돼 있기 때문에 이해가 바로 서기 힘들더라도 모르는 것 보다는 '아는 게 힘' 이라는 말처럼 도움이 될 것이다. 이를 바탕으로 박무성 시 전체를 본다면 군데군데 그의 인간관과 세계관 우주관에 잠재된 신앙적 주제의식이 살아 있음을 알 수 있다.

특히 요즈음에는 교회에서 '예배 춤' 이라 하여, '몸 찬양'. 또는 '워십 댄스(worship dance)' 라 하여 자연스럽게 예배 중에 정성껏 온몸으로 경건한 춤을 찬양에 맞춰 올려드리는 사례가 많아졌다. 이의 기원은 이미 오랜 역사를 갖고 있어 이미 구약시대 유대인이 여호와의 인도로 홍해를 무사히 건너고 난후 감격하여 소고를 쥐고 춤을 추는 미리암을 따라 여인들이 소고를 쥐고 춤을 추는 모습(출애굽기 15장 20절)과, 그후 여호와의 궤를 무사히 옮기며 다윗이 온힘을 다 하여 춤을 추는 모습이 나온다(사무엘 하 6장 14절) 뿐만 아니라, "춤을 추며 그의 이름을 찬양하며 소고와 수금으로 그를 찬양할 지어다(시편 149편 3절)."을 볼 수 있다.

지극히 성경적인 '예배 춤'이라 성령이 이끄시는 대로 성령에 취하여, 열정과 온 힘을 다하여 한 다리와 한 팔을 잃고 의족과 의수를 한 한 쌍의 남녀가 하나님 보좌 앞에서 춤을 추며 부활의 역사 체험을 그린 한 폭의 동여상이 바로 보통의 신앙인으로서도 상상할 수 없는 장면인 바로 〈용접 불꽃 춤사위〉인 것이다.

누구나 그렇겠지만 박무성 시인의 시정신은 그의 삶의 체험적 소산이라 할 수 있다. 모름지기 시란 개인의 삶과 무관할 수 없고 그의 인생관 세계관 우주관은 그의 가치관 철학 종교와 영성 지성 감성과도 융합되어 문학적 소양과 연마, 상상력 등을 통해 음률과 은유의 두 축으로 이뤄진다고 보는데, 박무성은 어린 시절 우울한 일제의 강압통치 말기인 태평양 전쟁기간을 보냈고 민족적 트라우마를 일으켜 지금까지 박혀 있는 6.25 전쟁기간을 겪어내고 많은 크고 작은 현대사를 치루면서 오늘날 계속되고 있는 분단국가로서, 급격한 산업화와 정치 사회 문화의 대변동 속에 모순된 부조리와 해결 못하고 있는 갈등으로 '과로(피로)사회', '분노사회', '황금만능(천민자본주의)사회', 각종 '폭력사회' 등의 불안과 인간성의 파괴에서 오는 '부정적 기류'를 해소하기 위해서는 이번 시를 통해 자신만의 시에서라도 독자들에게 '긍정의 기류(에너지)'로 바꿔 '치유'가 필요한 우리 사회 우리 민족 앞에 드리는 '치유 시'로 한가락 소망을 피력한 바 있어, 그를 이해하기 위해서는 그가 시인이기 전에 크리스천 장로요, 또한 교직에서 은퇴했으나 역사(국사. 세계사)를 배우고 가르친 경력을 엿볼 수 있는 것이 여기저기 보인다.

궁극적으로 그의 시에서는 사랑과 영성, 미적 감각이나 친자연과 역사문화와 인문지리 등을 통해 '긍정의 에너지'와 상처받은 심신을 '치유'하는 시편들이 흐르고 있다.

먼저 춤의 에너지(주로 1부 : 춤)와, 친환경(2부 : 꽃과 3부 : 나무. 숲과, 그 행간)에 관한 시, 어떠한 한 주제에만 매달리지 않고 볼 수 있는 그의 역사의식과 전통문화와, 최근에 인문학이 강조되며, 작금 벌어지고 있는 국제화에 따른 국내여행과 해외여행과도 관계 깊은 내용들을 시화(주로 4부 : 인문과 지리로 멈춘 발걸음)한 시, 무엇보다 우리

잠든 영성을 흔들어 주는 시(5부 : 뜨거운 영성의 파라다이스)는 많은 시사점을 주는 차원 높은 아가페 사랑을 바탕으로 하고 있어 한 쪽 면만 볼 수 있다는 지적도 나올 수 있으나, 체험적 신앙이 않고는 읊조릴 수 없는 울림의 장이라고 할 수 있다.

시와정신시인선 26

부부 회화나무

ⓒ박무성, 2019

초판 1쇄 | 2019년 8월 3일

지 은 이 | 박무성
펴 낸 곳 | **시와정신**
주   소 | (34445) 대전광역시 대덕구 대전로1019번길 28-7
　　　　　　　신창회관 2층
전   화 | (042) 320-7845
전   송 | 0507-713-7314
홈페이지 | www.siwajeongsin.com
전자우편 | siwajeongsin@hanmail.net
편   집 | 정우석 010_9613_1010
공 급 처 | (주)북센 (031) 955-6777

ISBN 979-11-89282-12-7   03810

값 9,000원